U0127633

看图女性保健

胡访东 江乔颖 卢 静 陈名智 编著

福建科学技术出版社

女性的一生

一个新的生命诞生了，此时，两性的差异仅仅表现在生殖器官上，这就是"第一性征"。女性生殖器官分为内、外两部分：外生殖器包括阴阜、大阴唇、小阴唇、阴蒂、前庭和前庭大腺、尿道口、阴道口及处女膜；内生殖器包括阴道、子宫、输卵管和卵巢。

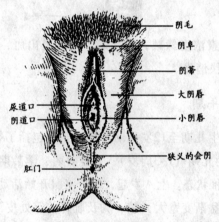

女性的一生可分为新生儿期、幼年期、青春期、性成熟期、更年期及老年期等不同阶段。这是一个不断发展的过程，没有截然的年龄界限，可因遗传、营养、环境和气候等影响而出现差异。

1.新生儿期

出生4周内的婴儿为新生儿。胎儿在子宫内受到母体性腺及胎盘所产生的性激素（主要为雌激素）的影响，其子宫、卵巢及乳房等均可有一定程度的发育，个别的有乳汁分泌现象。出生

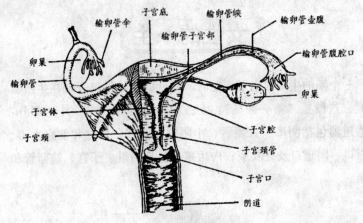

后，性激素浓度骤减，可引起少量阴道出血，这些都是生理现象，多很快消失。

2.幼年期

从新生儿期至12岁称幼年期，其中包括了婴儿期（满月至1周岁）、幼儿期（1~3周岁）、学龄前期、学龄期。此期内生殖器官处于幼稚状态。七八岁起，内分泌腺开始活动，逐渐出现女性特征，骨盆渐变宽大，髋、胸及耻骨前等处皮下脂肪逐渐增多。10岁左右，卵巢中开始有少数卵泡发育，但大都达不到成熟程度。11~12岁时，第二性征开始出现。

3.青春期

青春期指从月经来潮至生殖器官逐渐发育成熟的时期，一般在13~18岁。此期全身及生殖器官迅速发育，性功能日趋成熟，第二性征明显，开始有月经。

●全身发育：随着青春期的到来，全身生长迅速，逐步向成熟过渡。

●生殖器官的发育：卵巢增大，卵泡细胞反应性提高，进一步发育，并产生性激素。在性激素的作用下，内外生殖器官发育增大，阴阜隆起，大阴唇变肥厚，小阴唇变大且有色素沉着；阴道的长度及宽度增加，阴道黏膜变厚，出现皱襞，上皮细胞内有糖原；子宫体增大；输卵管增粗。

●第二性征：第二性征是指除生殖器官以外的女性所特有的征象。青春期的女孩逐渐表现出"第二性征"，音调变高，乳房丰满隆起，乳头增大，乳晕加深，阴阜出现阴毛，腋窝出现腋毛，骨盆呈现质薄的女性型，脂肪分布于胸、肩及臀部，显现出女性特有的体表外形。

乳房的发育分为5个阶段：第一阶段——9岁以前，青春期前，仅有小乳头隆起。第二阶段——9~11岁，"发芽"阶段，乳房和乳头都隆起，形似小丘，出现乳晕。第三阶段——12~13岁，乳房和乳晕进一步增大，但胸部外形的突出还不够明显。第四阶段——13~14岁，乳房明显地高出胸部。第五阶段——15~16岁，成熟阶段，线条丰满清晰，乳晕略陷，乳头大而突出。

阴毛的生长也可以分为5个阶段：第一阶段——11岁以前，无阴毛生长。第二阶段——11~12岁，有稀疏的长而直的阴毛出现。第三阶段——12~13岁，阴毛变浓而粗、卷曲，掩盖耻骨部。第四阶段——13~14岁，阴毛近似成年人型，但不超过大腿内侧。第五阶段——14~15岁，阴毛可蔓延到大腿内侧。

●月经来潮：12岁左右开始有月经，第一次行经称为"初潮"。由于卵巢功能尚不稳定，所以月经不规则。初潮后一般要隔数月、半年或更长时间再来月经，一般两年左右才渐变规则。

4.性成熟期

女性一般自18岁左右趋于成熟，历时约30年。此期为卵巢生殖功能与内分泌功能最旺盛的时期。在此期间，身体各部分发育成熟，出现周期性的排卵及行经，并具有生育能力。受孕以后，身体各器官发生很大变化，生殖器官的改变尤为突出。在妊娠期间，由于女性激素的作用，乳房腺泡和腺管增生，脂肪沉积，结缔组织充血，引起乳房明显胀大、变硬，甚至有触痛感。乳头增大、着色，乳晕更加明显。哺乳期后，由于婴儿的吸吮和挤压，以及各激素水平的恢复正常，乳汁分泌减退，乳房变小、松弛，乳房下垂。

5.更年期

这是妇女由成熟期进入老年期的一个过渡时期，一般发生在45~55岁。分绝经前期、绝经期和绝经后期。卵巢功能由活跃转入衰退状态，排卵变得不规则，直到不再排卵。月经渐趋不规律，最后完全停止。

更年期内少数妇女，由于卵巢功能衰退，自主神经功能调节受到影响，出现阵发性面部潮红、情绪易激动、心悸与失眠等症状，称"更年期综合征"。

6.老年期

老年期一般指60岁以后，机体所有内分泌功能普遍低落，卵巢功能进一步衰退的衰老阶段。除整个机体发生衰老改变外，生殖器官亦逐渐萎缩：卵巢缩小变硬，表面光滑；子宫及宫颈萎缩；阴道逐渐缩小，穹隆变窄，黏膜变薄、无弹性；阴唇皮下脂肪减少，阴道上皮萎缩，糖原消失，分泌物减少，呈碱性，易发生老年性阴道炎。

经期保健

初潮

　　少女的第一次月经来潮，称为初潮。初潮的正常出现是女性健康的重要标志。初潮年龄一般在12~19岁，可因环境、气候、生活条件、营养及全身健康状况的影响而提早或推迟。

　　女孩怎么知道自己的月经即将来潮呢？一般在月经初潮前，女孩的身体会出现一系列的变化。如从阴道里流出类似蛋白样、透明略带黏稠的液体，约2~3年后月经将初潮。另外，乳房开始发育的两年内月经也将会初潮。还可在9岁后，每隔半年测量一次身高体重。如果发现身高、体重突然增加，预计再过半年左右月经即会初潮。

　　初潮以后，月经在一段时间内并不规则。从初潮到规则的行经需要半年左右，这期间月经或多或少，或间隔两三个月，都是正常的，不必恐惧和担忧。

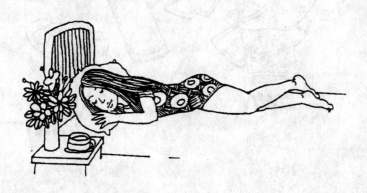

选购卫生巾的学问

　　女性月经期，敏感部位的皮肤最容易受损伤。调查表明，73%的女性会在经期感到局部皮肤瘙痒、灼痛。这多是由于使用不透气的卫生巾造成的。因此，要安度经期选择合适的卫生巾至关重要。卫生巾一般由表面层、吸收层和底层三部分构成，选用时就要从这三部分的材料及作用考虑。

　　●第一，表层要选择干爽网面、漏斗型的。表层干爽可使局部皮肤不受潮湿之苦；漏斗型设计优于桶状设计，渗入的液体不易回流。

　　●第二，中层以透气、内含高效胶化层的为好。内含高效胶化层的卫生巾可使渗入的液体凝结且受压后也不回渗，表面干爽。

　　●第三，以选择底层由透气材料制成的为好。它可使气体状的水分子顺利通过，从而起到及时排出湿气的作用，有效地减少卫生巾与身体之间的潮湿和闷热感，保持干爽。

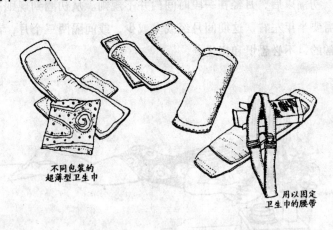

不同包装的
超薄型卫生巾

用以固定
卫生巾的腰带

正确使用卫生棉条

　　什么是正确的使用方法呢？首先，使用前要仔细阅读说明书，按其提示的步骤放入棉条。其次，根据月经量选择合适规格的棉条。原则是选择能将经血充分吸收的最小型号，同时要注意根据经量的变化合理调整。更换时若发现棉条干、难以抽出，要换用小吸收量的。再者，经期中棉条与卫生巾可交替使用，不能在非经期使用棉条。

　　考虑到月经期子宫内膜脱落、子宫颈口张开，细菌容易侵入，加上经血自阴道排出，阴道内环境发生变化，自净作用减弱，发生感染的可能性要比平时高，而卫生棉条又是内置型的，因此一定要保证棉条无污染。使用卫生棉条前后都要洗手；已经被污染的棉条不能再使用；使用时要每4~8小时更换1次。

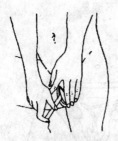

　　洗手，站立着并用一只脚蹬住坐便盖。用拇指和中指抓住棉条导引管，同时保证棉条的拉绳露出管外。
　　稍微分开小阴唇，把导引管的顶端放在阴道口。

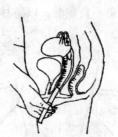

　　将导引管推入体内直到拇指和中指触到皮肤。放松，然后用食指将小管向上完全推入大管。

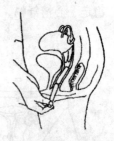

　　当棉条到达正确位置后，你将感觉不到它。抽出两个管，将它们扔掉。
　　若要取出棉条，抓住拉绳，轻轻地将棉条拉出。用卫生纸包好后扔进垃圾箱。

月经期保健须知

月经期机体抵抗力下降。同时，由于阴道内有积血，其正常的酸度减弱，宫颈口又处于张开状态，削弱了阴道、宫颈抗细菌感染的天然屏障作用；子宫内膜脱落造成的创面，亦使宫腔抗感染能力下降。因此，月经期保健应该注意以下几个方面：

●清洁卫生：经期要保持外阴清洁，每晚用温开水擦洗外阴，不宜洗盆浴或坐浴，以淋浴为好；卫生巾、纸要求柔软清洁，最好高压消毒后使用；月经带、内裤要勤换、勤洗，以减轻血垢对外阴及大腿内侧的刺激，洗后用开水烫一下，并在太阳下晒干后备用；月经垫宜用消毒纱布及卫生纸。大便后要从前向后擦拭，以免将脏物带入阴道，引起阴道炎或子宫发炎。

●调节情志：中医学认为，情志异常是重要的致病因素之一，而精神情绪对月经的影响尤为明显，故经期一定要保持情绪稳定、心情舒畅，避免不良刺激，以防月经不调。

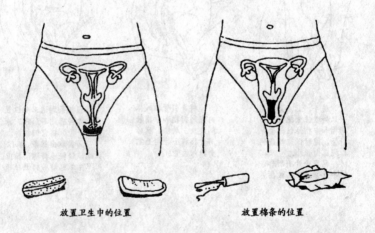

放置卫生巾的位置　　　　　放置棉条的位置

●劳逸结合：经期照常工作、学习、从事一般的体力劳动，可以促进盆腔的血液循环，减轻腰背酸痛及下腹不适。因过劳可使盆腔过度充血，引起月经过多、经期延长及腹痛腰酸等，故应避免重体力劳动和剧烈运动，并保证充足睡眠，以保持充沛精力。

●饮食有节：月经期因经血的耗散，更需充足的营养。饮食宜清淡温和，易于消化，不可过食生冷，因寒能导致血凝，容易引起痛经、月经过少或突然中断等。不可过食辛辣香燥伤津的食物。要多喝开水，多吃水果、蔬菜，保持大便通畅。

●寒暖适宜：注意气候变化，特别要防止高温日晒、风寒雨淋，不要涉水游泳，不用冷水洗脚，不可久坐冷地等。

●避免房事：月经时，子宫内膜剥脱出血，宫腔内有创面，宫口亦稍微张开一些，阴道酸度降低，防御病菌的能力减弱。如经时行房事，将细菌带入，容易导致生殖器官发炎；若输卵管发生炎症粘连、堵塞不通，还可造成不孕症；也可造成经期延长，甚至崩漏不止。因此，妇女在行经期间应禁止房事，严防感染。

●勿乱用药：一般妇女经期稍有不适，经后即可自消，不需用药，以免干扰其正常过程。若遇有腹痛难忍或流血过多、日久不止者，需经医生检查诊治为妥，不要自己乱服药物。

●坚持建立月经卡：自初潮后，女性要学会建立月经卡，记录每月经期日期，便于了解自己的月经是否规律、是否怀孕、是否流产等，有利于防治各种妇科疾病。

判断月经是否正常

月经是否正常，一般可从以下几点判断。

●月经周期：一般女子的月经周期是28~30天，但也有人40天来一次月经。只要每次月经周期大体相同，均属于正常情况。另外，月经容易受多种因素影响，所以提前或延后3~5天也是正常现象。但如果失去了周期性，就属于不正常了。

●月经期（也称行经期）：女子的月经期一般为3~5天，2~8天的也不少见。通常第一天经血不多，第二、三天增多，以后逐渐减少，直到经血干净为止。有的人经血干净后，过一两天又来了一点，俗称"经血回头"，这也是一种正常现象。但是，有的女子经期长达10天甚至20天，月经淋漓不尽；有的经期极短，只是一晃即过。这两种现象都是不正常的。

●经血量：女子月经量的多少因人而异，一般每天换3~5次卫生巾或月经纸，就算是正常的。如果经血量过多，换一次卫生巾很快就又湿透，甚至经血顺大腿往下淌，这就不正常了。

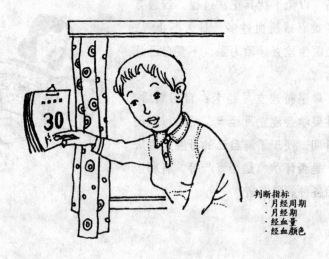

判断指标
· 月经周期
· 月经期
· 经血量
· 经血颜色

●经血颜色：正常的经血是暗红色的，且不凝固，因此无血块。如果经血稀薄如水，仅有点粉红色，或发黑发紫，则都是不正常的。如果经血完全是凝血块，也不正常，可能另有出血的部位，应及早就医。

痛经

月经期出现腹痛叫痛经。如果痛经发生在月经开始后三年之内，这种痛经叫做原发性痛经。一般认为这是月经期人体激素正常变化的结果，会持续经过整个生育期。如果在月经来潮三年之后发生痛经，这种痛经就叫继发性痛经。继发性痛经由某种潜在疾病造成的可能性较大。可能造成痛经的疾病包括子宫内膜异位、盆腔感染、子宫肌瘤等。

1.治疗

患原发性痛经者不要过于紧张，应消除思想上的恐惧和忧虑，注意经期卫生，适当活动，多吃蔬菜，保持大便通畅，减少盆腔充血。经期不喝凉水，不吃辛辣刺激性食物，对减少痛经也有帮助。疼痛剧烈时，可用热水袋在小腹部热敷，以促进血液运行，减轻疼痛；也可吃些止痛药如去痛片、阿托品、颠茄、宁坤丸、玉液金丹等。从月经前一段时间起，饭前服用调经片，每天3次，每次3片，直到月经来后不痛经为止，疗效也很显著。若用益母草31克、生姜16克、红糖63克，或用香附9克、生艾叶9克、红糖63克水煎服，既简便，效果也很好。应用艾条点燃后灸小腹中央，每次10分钟左右，也能止痛。如果是继发性痛经或痛经情况很严重，就应去医院就诊，以确定造成痛经的原因，选择治疗措施。

2.预防

●自月经初潮起，就应学习、了解一些卫生常识，对月经来潮这一生理现象有一个正确的认识，从而消除恐惧和紧张心理，预防或缓解原发性痛经。注意经期及性生活卫生，防止经、产期间上行感染，积极预防和治疗可能引起经血潴留的疾病。

●经期应注意保暖，忌寒、凉、生、冷刺激，防止寒邪侵袭。注意休息，减少疲劳，加强营养，增强体质。应尽量控制剧烈的情绪波动，避免强烈的精神刺激，保持心情愉快。平时要防止房事过度。经期绝对禁止性生活。

●经期还要注意饮食调理。经前和经期忌食生冷寒凉之品，以免寒凝血淤而痛经加重。月经量多者，不宜食用辛辣香燥之物，以免热迫血行，出血更甚。

经期注意保暖、休息

月经过多

正常的月经量一般为30~50毫升，超过80毫升称月经过多。

月经过多可由多种因素引起。如子宫肌瘤，即使是体积较小的肌瘤，也会引起月经过多；其次是子宫腺肌病和子宫内膜异位症。此外，当机体处于高雌激素状态时，会引起单纯性的月经过多。

月经过多

血液病，如血小板减少、凝血功能不良等出血性疾病会引起月经过多；肝病、高血压、糖尿病等导致血管脆性增加、凝血不良也会使月经过多；分娩后或流产后的第一次月经量可能偏多；使用激素、抗凝血药物等也会造成一次性月经过多。

1.治疗

凡月经量多，都要查找原因，排除生殖器官器质性病变，以免造成慢性失血性贫血而危害健康。注意适当休息及营养，纠正贫血。如出血量较多，应到医院治疗。医生可能根据情况使用雌激素、孕激素等治疗，必要时需刮宫止血。如一般子宫出血，亦可用中医治疗，方法如下：

●中成药

①人参归脾丸，每服6克，日服3次；或乌鸡白凤丸，每服6克，日服3次（适用于气虚不摄者）。

②固经丸，每服6克，日服3次；或知柏地黄丸，每服6克，日服3次；或荷叶丸，每服6克，日服3次（适用于阴虚血热者）。

③益母草膏，每服20克，日服3次（适用于血淤者）。

④云南白药，每服0.3克，日服3次（适用于出血不止者）。

⑤香砂六君丸，每服6克，日服3次（适用于痰湿阻滞胞脉者）。

●简便验方

①棉花根、仙鹤草各30克，水煎服（适用于气虚不摄者）。

②卷柏30克，水煎服（适用于虚热者）。

③黄芩、香附、丹皮各10克，水煎服（适用于肝郁化热者）。

④大黄、黄柏、地榆、侧柏叶各10克，苦参、龙胆草各15克，鲜茅根汁适量。先将前6味药研为细末，贮瓶备用。用时取药末15克，以茅根汁调膏敷脐，用纱布覆盖，每日换药1次（适用于湿热型患者）。

⑤茜草、小蓟各30克，水煎服，每日1次（适用于血热或血淤者）。

⑥三七粉1克冲服，每日3次；或坤草30克，茜草15克，水煎服（适用于血淤者）。

●饮食疗法

①干芹菜、金针菜各30克，水煎代茶饮；或鲜生地30克，粳米60克，煮粥食用；或藕250克，瘦猪肉100克，水煮后食用（适用于血热者）。

②乌骨鸡500克，黄芪50克，艾叶30克，煮熟后食肉喝汤；或黑豆、红糖各30克，党参10克，煎汤服用（适用于气虚者）。

③益母草60克，鸡蛋6枚，煮透后食用（适用于血淤者）。

●针灸疗法

①体穴：气海、归来、三阴交、血海、阴陵泉、膈俞、太冲、太溪、关元、内关。每次取3~4穴针刺，并依不同证型选用补泻手法。

②耳穴：子宫、内分泌、卵巢、肾。每次取2~3穴针刺，或用埋针法治疗。

2.预防

●适寒温：要根据气候环境变化，适当增减衣被，不要过冷过凉。

●节饮食：要注意饮食应定时定量，不宜暴饮暴食或过食肥甘油腻、生冷寒凉、辛辣香燥之品。

●调情志：要保持心情舒畅，避免忧思郁怒。

●适劳逸：要积极从事劳动（体力和脑力劳动），但不宜过度劳累和剧烈运动。

●节育和节欲：要重视节制生育和节欲防病，避免生育（含人工流产）过多过频及经期、产后交合。

月经过少

一般认为月经过少指行经期少于 2天，一次月经出血量少于30毫升的情况。

凡使子宫内膜受损的疾病都会造成月经量少。最常见的原因是子宫内膜结核；其次是宫腔积脓。此外，宫腔内操作如行人工流产术时过度刮宫、生产时胎盘剥离等造成的宫腔不全粘连，也会导致月经量少。还有一些先天因素如子宫发育不良或子宫畸形等，经量也相对较少。

此外，营养不良也会导致月经量相对过少，甚至可导致闭经。

月经过少可选用以下方法治疗：

●中成药

①妇科养荣丸，每服6克，日服3次（适用于气血不足者）。

②女宝片，每服4片，日服3次（适用于血虚者）。

③子鹿膏，每服50克，日服2次（适用于肾虚精亏者）。

④妇珍片，每服4片，日服3次；或调经化淤丸，每服3克，日服3次（适用于血淤阻滞者）。

⑤艾附暖宫丸，每服6克，日服3次（适用于寒湿凝滞者）。

⑥六君子丸，每服6克，日服3次（适用于痰湿阻滞，脾气不足者）。

●简便验方

①益母草30克，当归10克，水煎服（适用于血淤阻滞者）。

②鸡血藤、熟地各24克，阿胶（烊化）10克，水煎服，每日1剂（适用于冲任血虚者）。

③紫河车粉10克，水冲服，每日3次（适用于肾精亏虚者）。

④小茴香、乌药、干姜各10克，水煎服（适用于寒凝者）。

⑤苍术、白术各12克，枳壳、泽兰、川牛膝各10克，炒苡仁30克，水煎服，每日1剂（适用于痰湿者）。

●饮食疗法

①益母草30克，红糖适量，水煎代茶饮（适用于血淤者）。

②鸡血藤15克，红枣10枚，红糖适量，或配生鸡肉200克，煮熟后食肉喝汤；或鸡血藤、当归、大枣各30克，生鸡1只，煮熟后食肉喝汤（适用于血虚、血淤者）。

③红花10克，黑豆90克，红糖60克，水煎后食豆喝汤（适用于肾虚血亏或寒凝血淤者）。

④枸杞子30克，代茶饮（适用于肾虚精亏者）。

⑤鳖1只，白鸽1只，煮熟食用（适用于精血亏虚者）。

⑥鲜橘皮30克，代茶饮；或薏苡仁、山药、芡实各30克，粳米100克，共为细末煮粥食用（适用于痰湿内阻者）。

●针灸疗法

①体穴：三阴交、关元、足三里、血海、肾俞、命门、太冲、中极、脾俞。每次取3~4穴针刺，或根据病情配用艾灸。

②耳穴：子宫、卵巢、内分泌、皮质下、神门、交感、脾、肾。每次取2~3穴针刺。

经前期紧张综合征

在月经前出现烦躁、易怒、失眠等一系列症状，而在月经后又消失者，叫经前期紧张综合征。患经前期紧张综合征的女性，一般在月经来潮前7~14天开始出现症状，经前2~3天加重，行经后症状明显减轻或者完全消失。常见的症状有精神紧张、神经过敏、烦躁易怒或忧郁、全身无力、容易疲劳、失眠、头痛、思想不集中等。还有的病人出现手、足、脸浮肿，腹壁及内脏水肿而出现腹部胀满感，胃肠黏膜水肿出现腹泻或软便，盆腔水肿出现下腹坠胀或疼痛，乳房水肿而胀痛。

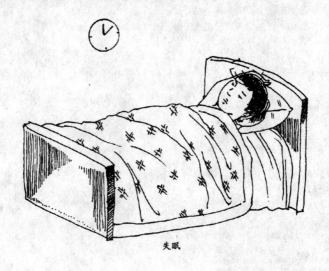

失眠

引起经前期紧张综合征的原因还不十分清楚，可能与情绪紧张、不愉快等精神因素，或患有肝脏病及水盐在体内潴留有关。月经前应注意劳逸结合，避免精神过分紧张，少吃盐，预防和减轻症状。

乳房保健

美丽乳房的标准

　　美学的观点认为半球型、圆锥型的乳房属于外形较理想的乳房。判定标准可参考以下几点：

●两乳头间距离为22~26厘米，乳房微微自然向外倾。

●乳房微微向上挺，厚约8~10厘米。

●乳晕大小不超过1元硬币，颜色红润粉嫩，与乳房皮肤有明显的分界线，婚后色素沉着为褐色。

●乳头应突出，不内陷，大小为乳晕直径的1/3。

　　中国女性完美的胸围大小与身高的关系为：身高 × 0.53。按此计算：胸围÷身高（厘米）≤0.5，则胸围太小；0.5 ~ 0.53为标准；≥0.53感觉美观；>0.6，则胸围过大。

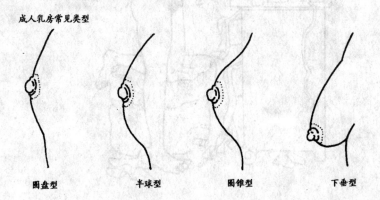

成人乳房常见类型

圆盘型　　　　半球型　　　　圆锥型　　　　下垂型

女性密友——胸罩

　　戴胸罩可体现出女性特有的美，对人体健康有好处。胸罩可使乳房得到支持和扶托，使乳房的血液循环通畅，有助于乳房的发育，可以保护乳头，防止擦伤及乳房松弛下垂，还可减少行走、运动和劳动时乳房的摆动和不适感，能促进乳房内脂肪的积聚，使乳房更加丰满，并能保持乳房清洁，亦可弥补乳房过小等生理缺陷。

　　那么，何时开始戴胸罩为好呢？

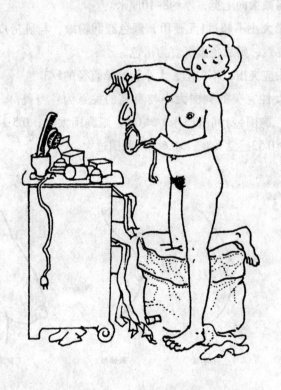

　　这应根据乳房的发育速度和大小来决定。青春期，为让乳房充分发育，应穿舒适、宽大的衣服，不要穿紧身内衣，更不应束胸。一般女孩子16~18岁时胸廓和乳房的发育已接近成熟，应开始佩戴胸罩。如果年龄小于16岁而乳房上下部距离小于16厘米，则不宜戴胸罩。过早戴胸罩不利于乳房的发育，而且还会影响日后乳汁的分泌。

　　戴胸罩应注意以下问题：

　　●选择合适的型号：胸罩太大起不到支托乳房的作用，太小

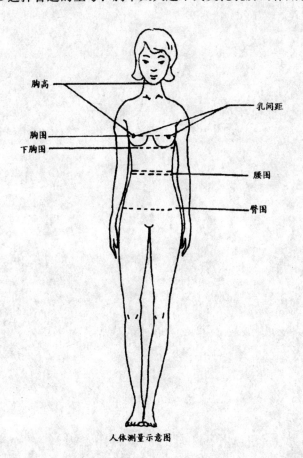

人体测量示意图

会妨碍乳房的发育。合适的胸罩尺寸主要依据自己的下胸围尺寸。可用软皮尺沿两侧乳房下缘一周测量，这个尺寸是下胸围的尺寸，也就是胸罩的尺寸。

●选用柔软、透气、吸湿性强的棉制品胸罩为好，而不要选用尼龙或的确良制成的胸罩。胸罩最好有一段松紧带，以适应呼吸和运动。

●夏天应每天换洗胸罩，冬天每周至少换2次，以保持乳房的清洁。

戴胸罩不当的危害

女性戴胸罩，不仅能显示出体形美，还能保护乳房。不过，假如使用不当，也会由此引起乳房疾病，如：

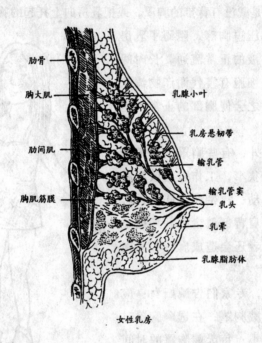

肋骨
胸大肌
肋间肌
胸肌筋膜

乳腺小叶
乳房悬韧带
输乳管
输乳管窦
乳头
乳晕
乳腺脂肪体

女性乳房

●乳头内凹：产生乳头内凹的原因是胸罩长度较胸围短，这样，胸罩便紧紧压迫乳房，影响了乳房的血液循环，还会压迫乳头，使其平坦甚至内凹。乳头内凹会影响将来哺乳，还会发生乳腺导管炎，甚至形成瘘管、窦道。

●乳腺堵塞：胸罩紧贴着乳头，人在活动时乳头摩擦胸罩纤维，使纤维搓成茧丝状进入乳腺。久而久之，乳腺堵塞，影响哺乳，还会引起乳腺炎。

●乳房疼痛：如果长期使用过紧的胸罩，乳房下方受压部位就会产生供血不良、纤维化现象，并形成索条状肥厚，按之有触痛。

●乳腺癌：研究结果表明，长时间戴胸罩的妇女易患乳腺癌，尤其是戴没有背带的胸罩，或把乳房向上托起的胸罩更为危险。胸罩压迫胸部，阻碍了乳房部分淋巴液的正常流通，长时间戴胸罩使细胞有害代谢产物清除受阻，久之会使胸部的正常细胞发生病变。

●此外，有些胸罩的吊带和背带过于狭窄，工作时上肢和胸背不断活动，狭带在肌肤上长时间摩擦，肩背部就会感到疼痛不适，严重者还会造成肩背部肌肉老化。

为此，专家们告诫妇女：应尽可能不戴胸罩；在选购胸罩时要宁大勿小；每天戴胸罩的时间最好不超过12小时；晚上对乳房进行适当按摩。否则，为了漂亮而牺牲健康，那就太不值得了。

让乳房更健美

●吃：应加强营养，多吃一些豆类、蛋类、牛奶等富含蛋白质的食物，并要补充锌、铬等元素。处于生长发育阶段的女孩，不应为追求苗条而过分节食，否则极有可能因营养不良而妨碍乳房的发育。

●练：平时注意有意识地锻炼胸部肌肉。健美操、跑步、俯卧撑、扩胸运动等体育锻炼能促进胸部肌肉发达健美。同时，体育锻炼还能促进胸部的正常发育。胸脯胸骨较平，胸肌结实丰满，乳房挺拔而富有弹性，这是最美的胸部。

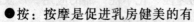

●按：按摩是促进乳房健美的有效方法。每天早上起床前和晚上临睡前仰卧在床上时，不妨用双手按摩乳房。具体操作是：在乳房周围进行旋转按摩，先顺时针

按摩乳房

提捏乳头

方向，再反时针方向，直到乳房皮肤微红微热为止，最后用拇指、食指指腹轻轻捏住对侧乳头，提拉乳头数次。这样能刺激整个乳房，包括乳腺管、脂肪组织、结缔组织等，使乳房更丰满、更富有弹性。坚持每日用温水清洗乳房，这样不但能保持清洁，还能起到按摩作用，预防乳房下垂。

●忌：有的女性为了追求曲线美，故意戴起大而挺的胸罩。专家认为，胸罩必须因胸制宜，如果胸罩过大，不能有效地起到托举作用，长期下去还会导致乳房肌肉松弛、下垂；同时为防乳房下滑，缠得太紧，血液循环不畅，不利于乳房的健康与发育。乳房皮肤娇嫩，不宜过分暴晒，因此夏天上衣不宜穿得太暴露，还要防止接触容易导致过敏或刺激性强的药物，以免使乳房皮肤受损。

●防：近年来随着高物理性、化学性产品的应用，以及激烈的社会竞争带来的精神压力等诸多因素，导致女性乳腺疾病呈多发趋势，对女性身心造成了严重创伤。特别是乳腺癌根治手术不但切除乳房，而且还切除胸肌及乳房周围组织，不但影响美观，甚至也会对上肢功能造成一定的影响。因此，人们在美胸的同时须及早预防乳腺疾病。

丰胸食物

青春期女性一定要注意营养摄取，不要刻意减肥，在维持适当体重的情况下，胸部才有良好的条件发育，毕竟乳房主要为脂肪构成。在持续发育的关键性阶段（10~18岁），必须多摄取下列食物：

●木瓜、牛奶：木瓜、牛奶都有助于胸部发育。另外，青木瓜、地瓜叶和各种莴苣，也都是效果不错的丰胸蔬果。

●种子、坚果类食物：含卵磷脂的黄豆、花生等，含丰富蛋白质的杏仁、核桃、芝麻等，都是良好的丰胸食物；玉米更是被营养专家肯定为最佳的丰胸食品。

●富含维生素A的食物：如花椰菜、甘蓝菜、葵花子油等，有利于激素分泌，可帮助乳房发育。

●富含B族维生素的食物：富含B族维生素的食物如粗粮、豆类、牛奶、猪肝、牛肉等，有助于激素的合成。

●富含胶质的食物：富含胶质的食物如海参、猪脚、蹄筋等，也都是丰胸圣品。

上述这些食物，用在青春期可以帮助乳房发育，用在成熟期则可帮助丰胸。

乳房养护禁忌

丰满的乳房，是显露女性魅力的重要部位。那么乳房养护有哪些禁忌呢？

●忌受强力挤压。乳房受外力挤压，有两大弊端：一是乳房内部软组织易受到挫伤，或引起增生等；二是受外力挤压后，较易改变外部形状，使上耸的双乳下塌、下垂等。

避免用力挤压乳房应注意两点：首先，睡姿要正确。女性的睡姿以仰卧为佳，尽量不要长期向一个方向侧卧，这样不仅易挤压乳房，也容易引起双侧乳房发育不平衡。其次，夫妻同房时，男方应尽量避免用力挤压乳房，否则会引发内部疾患。

●切忌戴不合适的胸罩。

●洗浴要得法，忌用过冷或过热的浴水刺激乳房。否则，会使乳房软组织松弛，也会引起皮肤干燥。

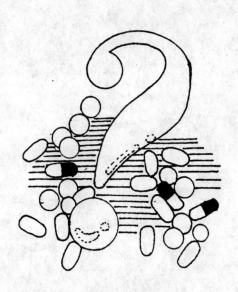

●忌乳头、乳晕部位不清洁。长期不洁净会出现炎症或造成皮肤病。

●忌过度节食。

●适当做丰乳操，可轻度按摩以使乳房丰满。切忌不锻炼。

●少女忌用激素类药物丰乳。忌长期使用"丰乳膏"。

女性乳头凹陷及其对策

乳头凹陷是女性常见病。引起乳头凹陷最常见的原因有：

①衣着过于紧束。特别是女性在乳房发育期内衣过紧，很容易导致乳头凹陷。

②胸罩使用不当。胸罩过小、过紧，使用过早，都会引起乳头凹陷。

③乳头凹陷与遗传也有一定关系。

乳头凹陷的危害很大。首先，它有碍美观、影响哺乳。第二，由于乳头凹陷，哺乳时乳头往往要被强行牵拉出来，极易损伤、破裂和出血，可造成乳头乃至整个乳房感染，最终发生乳腺炎。第三，乳头是女性非常重要的性敏感点，乳头一旦凹陷，则难以感受有效的刺激，甚至会影响男方的性欲。

乳头凹陷的纠正关键在于预防。预防应从少女时期抓起。凡是直系女性亲属中有乳头凹陷者，应作为预防的重点对象。

纠正乳头凹陷应注意以下问题：

●经常牵拉。少女时期是乳房发育的重要时期，也是纠正乳头凹陷的重要时期。经常牵拉乳头，可以使双乳突出、周围皮肤

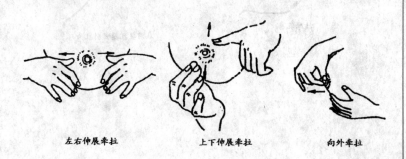

左右伸展牵拉　　　　上下伸展牵拉　　　　向外牵拉

支撑力增大，起到"定型"作用。如果自行牵拉效果不明显，应及时去医院就诊，学会运用乳头凹陷矫正器来治疗。对于矫正无效者，还可以通过手术进行矫正。

●注重衣着。贴身内衣应为棉制品，并应经常换洗。乳头如有发红、裂口迹象时，内衣应进行蒸煮消毒，以防止感染。少女使用胸罩不可过早。

●防止挤压。内衣、胸罩选择应合适，不可过紧。对于乳房较大的少女，更应注意乳房的宽松。对于有俯卧习惯的少女，则要及时纠正，防止乳头受挤压，以免加重乳头凹陷的程度。

●呵护乳头。乳头凹陷的产妇分娩后，应特别关注乳头的保健和卫生。乳头有轻度凹陷者，应适当增加婴儿的吸吮次数，同时注意保护乳头，注意哺乳后清洗，谨防感染。一旦发生乳头红肿，应及时去医院诊治，以防发生乳腺炎。

按摩乳房

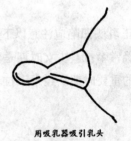

用吸乳器吸引乳头

乳房疼痛

如果乳房出现突然的、持续性的、比较剧烈的疼痛，且伴有明显触痛者，则应考虑为乳房的各种急性感染性疾患；如局部出现搏动性疼痛，则局部可能已化脓。

如果乳房疼痛为发作性的，且常以月经前乳房开始疼痛或经前疼痛加重，经后缓解或消失，疼痛为胀痛或针刺样，有时可牵及同侧腋下或肩背部，局部有轻到中度触痛者，则应考虑为增生性病变。

如果哺乳期乳头剧烈疼痛，乳头破碎、裂开，则可能为乳儿吸吮咬伤乳头造成的乳头皲裂。

如果乳房仅为轻度隐痛或钝痛，发作无明显规律性，仅为偶

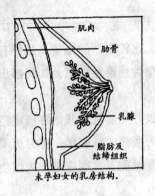

未孕妇女的乳房结构.

孕期乳腺发生了改变：腺大叶、腺小叶及输乳管展开.

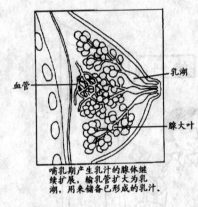

哺乳期产生乳汁的腺体继续扩展，输乳管扩大为乳湖，用来储备已形成的乳汁.

发或阵发，有些为持续性，因疼痛不明显而常常被忽略，须知这样的乳房疼痛也可能是早期乳房恶性疾患的信号，应引起足够的重视。甚至有时乳房尚无明显的疼痛感，而仅表现为一侧腋下或肩背部疼痛，则也有恶性病变的可能。对这些细微变化均不应轻易放过。

此外，还有些女性在胀奶时也会出现乳房疼痛，这是生理情况，应注意与疾病造成的乳房疼痛相鉴别。

总之，出现了乳房疼痛，既不要惊慌失措，也不可麻痹大意。应重视乳房的变化，哪怕是极轻微的乳房疼痛，也应引起重视，因为乳房疼痛可能是许多乳房疾病的症状，甚至是乳房恶性肿瘤的征兆。

乳腺增生病

乳房疼痛和肿块为本病主要的临床表现。

●乳房疼痛：常为胀痛或刺痛，可累及一侧或两侧乳房，以一侧偏重多见。疼痛严重者不可触碰，甚至影响日常生活及工作。疼痛以乳房肿块处为主，亦可向患侧腋窝、胸胁或肩背部放射；有些则表现为乳头疼痛或瘙痒。乳房疼痛常于月经前数天出现或加重，行经后疼痛明显减轻或消失；疼痛亦可随情绪变化而波动。这种与月经周期及情绪变化有关的疼痛是乳腺增生病临床表现的主要特点。

●乳房肿块：肿块可发于单侧或双侧乳房内，呈单个或多个，好发于乳房外上象限，亦可见于其他象限。肿块形状有片块状、结节状、条索状、颗粒状等，其中以片块状为多见。肿块边界不明显，质地中等或稍硬韧，活动好，与周围组织无粘连，常有触痛。肿块大小不一，小者如粟粒般大，大者可逾3厘米。乳房肿块也有随月经周期而变化的特点，月经前肿块增大变硬，月经来潮后肿块缩小变软。

●乳头溢液：少数患者可出现乳头溢液，为自发溢液、草黄色或棕色浆液性溢液。

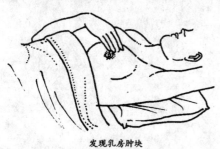

发现乳房肿块

乳房有时有少量液体流出

●月经失调：本病患者可兼见月经前后不定期，量少或色淡，可伴痛经。

●情志改变：患者常感情志不畅或心烦易怒，每遇生气、精神紧张或劳累后加重。

保持心情舒畅

远离乳腺癌

乳腺癌是一种危害妇女生命的常见恶性肿瘤。多见于已婚者。初期多无自觉症状，最主要的早期表现为乳房肿块。因初期肿块较小，往往不易被发现，即使发现了，由于既无痛感又不影响正常学习、工作也易被忽视。当肿块发展到一定程度，如乳腺肿块增大，伴有疼痛，乳头溢液，乳头内陷，皮肤水肿、破溃，腋窝及锁骨上有淋巴结肿大时，就会直接危害健康。

发现乳房肿块

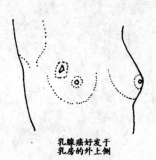

乳腺癌好发于
乳房的外上侧

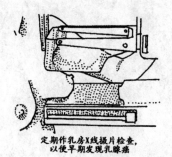

定期作乳房X线摄片检查，
以便早期发现乳腺癌

到医院治疗的乳腺癌患者，绝大部分已处于中晚期，其中有的已失去了治疗机会，即使得到了治疗，也是不彻底的。如果乳腺癌能够早期发现、早期治疗，大部分是可以医治的。乳腺癌的

早期发现全靠定期乳房检查，最好的办法是学会自我乳房检查。行经期妇女做乳房自我检查的最好时间，是月经周期的第7天至第10天。

　　如果发现肿块，应去医院检查治疗，即使良性肿块，也有恶变可能，也应及早治疗。

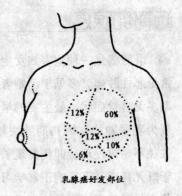

乳腺癌好发部位

乳房自我检查

乳房自我检查分三个步骤：

●第一步：镜前检查。

①站在镜前，裸露上身，双臂垂于两侧，观察自己乳房的外形。

②将双臂举过头顶，转动身体，察看乳房的形态是否有变化。

③双手叉腰向右或向左慢慢旋转身体，察看乳头及乳房是否有凹陷、红肿或皮肤损害。

④将双手掌撑在臀部，并使劲向下压，同时转动身体，这样会使乳房的轮廓显得清晰。注意观察乳房的形态有无异常变化，如发现异常变化，需要与另一侧进行比较，察看双侧乳房是否对称。如果不对称，则要提高警惕，及时就医。

●第二步：立位或坐位检查。将左手举起放在头后，用右手检查左侧乳房。检查完左侧乳房后，将右手举起放在头后，用左手检查右侧乳房，检查方法同上。在检查完整个乳房后，用食

指、中指和拇指轻轻地提起乳头并挤压一下，仔细查看有无分泌物。如果发现有分泌物，则应去医院作进一步检查。

乳房检查的正确范围：上到锁骨下，下至第六肋骨，外侧达腋前线，内侧近胸骨旁。

检查的正确手法：三个手指并拢，从乳房上方12点（将乳房比作一个时钟）开始，用手指指腹按顺时针方向紧贴皮肤作循环按摩检查。每检查完一圈回到12点，下移2厘米做第二圈、第三圈检查……要检查整个乳房直至乳头。检查时手指不能脱离皮肤，用力要均匀，掌握力度以手指能触压到肋骨为宜。

●第三步：卧位检查。身体平躺在床上，肩下垫只小枕头或折叠的毛巾，使整个乳房平坦于胸壁，以便于检查乳房内有无异常肿块。由于坐位或立位时乳房下垂，特别是体型较胖的女性，容易漏检位于乳房下半部的肿块，所以卧位检查同样是十分必要的。检查的范围和手法同坐位或立位检查相同。

美容护肤

形体之美

　　形体美是一种天然健康的美。美是建立在健康之上的，有损于健康的美不会长久，也不可能是真正的美。形体美来源于科学合理的营养和锻炼，这是青春常驻、健美持久的保证。

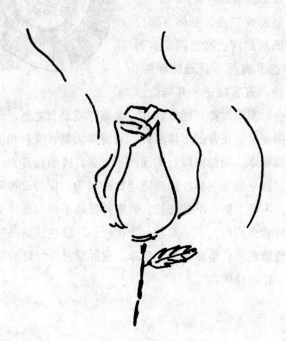

女性美离不开女性的特征——丰满而有弹性的乳房、适度的腰围、结实的臀部以及健美的大腿等，这些是体现女性特有曲线的重要部位。按照现代审美观点，女性的形体应倾向于丰满、挺拔，拥有健美而富有弹性的肌肉，以及充满青春活力的精神面貌和气质。

具体来说，可以从以下各方面来衡量女性的健与美：

骨骼发育正常，身体各部分匀称；肌肤柔润、嫩滑而富有弹性，体态丰满而不觉肥胖臃肿；眼大有神，五官端正，并与脸形协调配合；双肩对称，圆浑健壮，无缩脖或垂肩之感；脊柱背视直线，侧视具有正常的形体曲线，肩胛骨无翼状隆起和上翻的感觉；胸廓宽厚，胸肌圆隆、丰满而不下垂；腰细而有力，微呈圆柱形，腹部呈扁平（标准的腰围应比胸围约细1/3）；臀部鼓实微呈上翘，不显下坠；下肢修长，两腿并拢时正视和侧视均无屈曲感；双臂骨肉均衡，玉手柔软，十指纤长；肤色红润晶莹，充满阳光的健康色彩；整体观望无粗笨、虚胖或过分纤细的感觉，重心平衡，比例协调。

皮肤防皱须知

皮肤防皱须注意以下问题：

●选用合适的化妆品。选用具有含水和防晒功能的化妆品，如水性面霜、防晒霜等。

●注意皮肤的清洁卫生。经常清洁皮肤，勤洗脸。

●减少阳光对皮肤的过度曝晒。外出时戴遮阳帽或有防晒功能的化妆品。

●多喝饮料。

●睡眠时间充足。

脸部皱纹多的人不宜搽香粉。因为皱纹是由于皮下脂肪减少、水分相对不足而出现的，香粉的收敛作用必然要从皮肤中吸收不少油脂和水分，从而使皱纹加深。

肌肤美白法

现代女性都希望自己的肌肤白皙红润。肌肤白嫩，除先天因素外，与后天的养护有很大的关系。日常生活中多吃些富含维生素C的果蔬，如橙子、柠檬、山楂、苹果、葡萄、鲜枣及番茄、花菜、冬瓜、洋葱、青椒等，可以干扰黑色素生成，减少甚至去除皮肤的黑斑和雀斑。一些日常食品的巧妙配合，更能收到意想不到的美白肌肤的效果。下面介绍一些简易美白法供选用。

●枸杞（鲜者120克，干者60克）煎煮代茶，不拘量饮用；或用以泡酒，每餐饮酒适量。能补肝肾、益气血，使面色荣艳洁白。

●冬瓜子仁5克，橘皮6克，桃花12克，混合为细末，饭后用米汤调服。每日3次，连服数月，面部可变得白嫩而光滑。

●番茄1只捣烂，滤汁涂搽脸部，20分钟后洗净。每日数次，可使皮肤渐渐变白，还可兼治雀斑。

●西瓜仁250克，桂花200克，橘皮100克，碾成粉末，饭后米汤调服。每日3次，每次1匙。

●土豆适量，去皮，研磨捣烂成糊状，滤去水分，调入上等面粉，作为面膜涂面，25分钟后用清水洗去。此方对皮下黑色素有漂白作用，尤其对消除黑眼圈十分有效，若加入上好奶粉则效果更佳。

●梨或苹果1个捣烂，调入上等面粉敷面，对细嫩面部皮肤很有帮助。

●用鲜白菜帮（切成片状）贴于面部，有使黑色皮肤转白的功用。

●鸡蛋清加少许面粉（也可加点瓜汁），调成糊状，每晚涂脸，半小时后洗去，可使皮肤光滑细腻。

●牛奶能令面部乃至全身皮肤白嫩。可用新鲜牛奶泡入棉花或纱布，湿透后敷面，半小时后用清水洗去，每天1次。皮肤被晒过度出现红斑，可用牛奶搽被晒部位，再用柠檬片敷面，一周后斑点会变小；再将黄瓜捣烂后加入葛粉和适量的蜂蜜搽几次，斑点即可消除。

首饰引起的皮炎

　　有些女性戴上项链、耳环、耳坠、手镯等首饰后，局部皮肤发痒，有的还出现许多小水泡，这是戴首饰后引起的皮肤过敏现象。目前市场上出售的首饰绝大多数都是金属制品，且多数是镀镍、镀铬的制品。镍和铬都是高度致敏的金属，有时能够诱发过敏性接触性皮炎。在皮肤接触的部位发生又红又痒的丘疹、水泡，其特点是发病部位与戴首饰的位置一致。古时很少有首饰引起过敏的记载，因为过去的首饰均是纯金、纯银制品，很少引起皮肤过敏。

　　避免接触性皮炎的办法，就是不再戴含致敏物质的首饰。如已发生过敏性皮炎，局部可涂敷含可的松的软膏，注意不要用手抓挠，以免引起局部皮肤感染。过敏严重者可服用一些抗过敏的药物。首饰制作部门应尽量避免使用含镍、铬的材料，以免过敏性皮炎的发生。

　　戴耳环前的耳垂穿刺，易造成耳垂组织损伤和组织液的渗出，如消毒不严，局部可发生感染、化脓。目前尚没有不释放镍的穿耳针，因此过敏体质的人最好不扎耳眼，瘢痕体质的人更应禁忌。金戒指对人体皮肤健康的危害也屡见不鲜。英国微生物学家霍夫曼曾作过调查，发现戴戒指部位的细菌要比对照部位高出9倍。爱美的姑娘们，佩戴首饰时应警惕其危害性。

恼人的雀斑

有些姑娘常为自己脸上的雀斑而烦恼，很希望能把它去掉，使自己变得漂亮一些。雀斑虽无任何不适，但有碍美容，而且令人遗憾的是，目前尚无特效的消除方法。雀斑是一种常染色体显性遗传疾病，在一家数代中往往连续同样部位发生相同类型的雀斑。雀斑往往在6岁以后开始出现，每到夏季因阳光强烈而加重，冬季阳光减弱，雀斑也变得浅淡不很明显。有雀斑的姑娘须注意以下几点，才能减轻雀斑、达到美容的目的：

在医师指导下使用化妆品

●避免日光曝晒，春、夏季出门时应戴太阳帽，打太阳伞，这是一个很重要的预防措施。

●平时多吃蔬菜、水果，少吃辛辣等刺激性食物，保持大便通畅、睡眠充足。

●坚持局部涂擦 3% 氢醌霜或10%~20%白降汞软膏，每日2~3次，能使雀斑减轻和暂时消退。

●经常按摩面部，常做面膜。

做好防晒工作

49

用蛋清、牛奶、柠檬汁加蜂蜜、去皮的荸荠擦脸，或在面霜里加一片研碎的维生素 C 涂脸，可使雀斑减轻或消退。

●口服维生素 C 和维生素 E、六味地黄丸、当归丸等对消除雀斑也有一定的好处。

目前市场上有各种去雀斑的膏和霜，不妨一试。但含铅量大、且未经卫生部门许可的化妆品，切勿使用。应该注意的是，涂祛斑的药物需在医师指导下进行，如滥用激素和有损皮肤的伪劣化妆品，往往适得其反，到时后悔莫及。

只要"青春"不要"痘"

痤疮俗称"青春痘"、"粉刺",是一种常见的炎性皮脂毛囊疾病。多发生在男女青春发育期,以面部多见,也可发生在前胸、后背皮脂腺分泌较多的部位。迄今为止,虽仍未发现有效的方法可以防止痤疮的发生,但是,一旦出现痤疮,尽早给予适当治疗,便可以防止病情的恶化。

一般应注意:不要挤捏患处,避免炎症扩大;保持皮肤清洁,选用无刺激性肥皂、温软水清洗皮肤;保持生活规律化,包括有足够的休息,避免精神紧张,注意饮食均衡;适量运动(含局部皮肤按摩)以促进全身和局部皮肤的血液循环;避免使用油性化妆品。

治疗痤疮除要调整心态、注意适当处理和养护外，可局部外用药，也可口服非处方药。

不要挤压青春痘

● 硫磺洗剂：局部外用，每日2~3次。

● 盐酸林可霉素：与盐酸利多卡因等制成软膏剂(称绿药膏)，局部外涂。

● 维生素类制剂：维生素B_2，每次口服5~10毫克，每日3次；维生素B_6，每次口服20毫克，每日3次；维生素A，每日1.5万国际单位；维生素E，每日50毫克。连服4~8周。

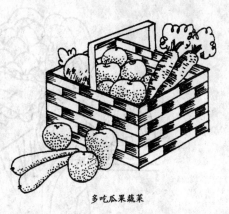

多吃瓜果蔬菜

● 当归苦参丸：口服，每次1丸，每日2次。

● 清热暗疮丸：口服，每次2~4丸，每日3次，14日为1个疗程。片剂，每次2~4片，每日3次。孕妇慎用。

呵护您的秀发

养护秀发，请关注以下问题：

●头发是一种蛋白质，含丰富的微量元素。养发、护发首先应注意适时摄入适量蛋白质、多种维生素、微量元素等。注意膳食的均衡营养，特别是新鲜果蔬及微量元素的补充。常食新鲜蔬菜、水果对头发生长大有裨益。

●应注重头发的保护和润泽，切忌过冷、过热及酸碱的刺激。

●要在皮肤科或美容科医师的指导下选用适合于自身特点的养发素、护发素，仅凭他人所言或广告宣传是不明智的，也是不科学的。

●任意染发着色或常换发型是不可取的做法。

●养成合理、规律的作息习惯。

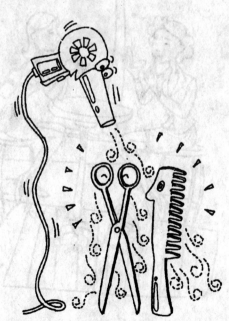

选购化妆品

目前市场上的化妆品琳琅满目，使人眼花缭乱，如何选购称心如意的化妆品，避免损害皮肤的健康，应注意以下几点：

● 化妆品标签应有产品名称、厂名、生产企业和卫生许可证编号，说明书上应注明生产日期和有效使用期。切勿购买不合格的产品，以免"因小失大"。

●选购时打开化妆品，观察是否有绿点、黑灰点，泛发出水及异味等，如有的话，切勿选购。

●买化妆品时应了解自己皮肤的性质。早晨起床后用纸巾擦鼻翼两侧，以含油多少来判定是油性、中性、还是干性皮肤。也可用皮肤测定仪准确判定。

●化妆品分油性、中性、水性三种。一般油性皮肤的人选用水性较大的化妆品，如水包油型的膏霜类；干性皮肤的人适合用油性化妆品，可减缓水分散失，如香脂类；夏天应该选择水性较大的蜜类化妆品；冬天则应选购油性较大的化妆品；儿童应选用无刺激的温和型；老年人宜选用营养型或保健型。

●化妆品选择以淡香型为好。化妆品气味香则可能意味着化妆品中香精含量大。香精含量高对人体有刺激，对健康不利。

●皮肤过敏者，可在耳后根、手内侧抹极少量的化妆品进行观察，一来可判定质量，二来可以避免过敏危害健康。

●夏季时，应选购小包装和近期生产的化妆品。这是因为炎热的天气、化妆品的用量和次数减少，化妆品容易变质。

●某些皮肤增白类化妆品，内含氯化汞或碘化汞，对人体有潜在的危害，应当谨慎使用。

减肥

　　在当今追求美和高效率的时代，臃肿的体态和拙笨的动作，显然不合时代的潮流。肥胖不仅影响人的形体美，更重要的是影响健康，诱发高血压、冠心病、糖尿病等疾病。人的肥胖有的是遗传因素或家族倾向所致，也有的是病态。单纯性肥胖症是指除肥胖外，无任何疾病，皮下脂肪分布匀称的状态。这种肥胖往往是进食过多，尤其是脂肪和糖类食品吃得太多，而活动量不大，使多余的脂肪储存在体内而发胖。某些疾病如甲状腺功能低下等，也可以引起肥胖症，应积极治疗。当疾病痊愈，肥胖也随之消失。肥胖患者减肥一定要弄清原因，采取符合自己情况、行之有效的减肥方法，以获得满意的效果。

　　主要的减肥措施有：

　　●控制饮食：以高蛋白、低脂肪和低糖为原则，每顿饭以吃七八成饱为宜。少吃肥肉、巧克力、甜食，多吃青菜、水果，少吃零食，临睡前不要进食。

　　●增加运动量：在控制饮食的同时必须坚持运动，并增加运动量，使体

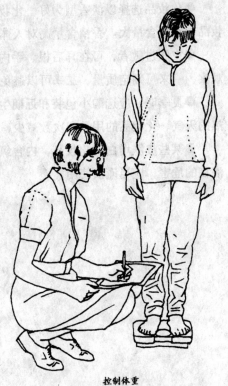

控制体重

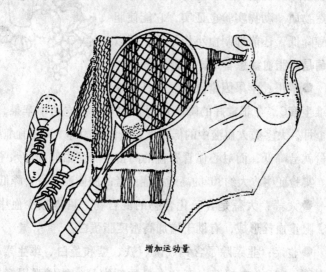

内的脂肪消耗，体重就能下降。运动项目可根据自己的爱好，如跑步、跳绳、俯卧撑、仰卧起坐等。有条件者可以适当做些健美操或游泳，并持之以恒，时间一长，身材比例、形体曲线就会向健美目标发展。应强调的是，千万不要采用"饥饿疗法"或吃未经科学鉴定的所谓"减肥"药物，以免有损身体健康，得不偿失。

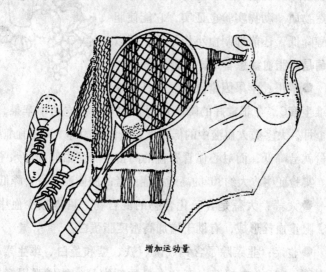

增加运动量

公认的减肥食品

●牛奶：牛奶含有丰富的乳清酸和钙质，它既能抑制胆固醇沉积于动脉血管壁，又能抑制人体内胆固醇合成酶的活性，减少胆固醇产生。

●葡萄：葡萄、葡萄汁与葡萄酒一样含有一种白藜芦醇，是降低胆固醇的天然物质。动物实验也证实，它能使胆固醇降低，还能抑制血小板聚集，所以葡萄是高脂血症患者最好的食品之一。

●苹果：苹果因富含果胶、纤维素和维生素C，有非常好的降脂作用。如果每天吃两个苹果，坚持一个月，大多数人血液中的低密度脂蛋白胆固醇（对心血管有害）含量就会降低，而对心血管有益的高密度脂蛋白胆固醇水平会升高。实验证明，大约80%的高脂血症患者的胆固醇水平会降低。

●大蒜：大蒜是含硫化合物的混合物，可以减少血中胆固醇、阻止血栓形成，有助于增加高密度脂蛋白。

●韭菜：韭菜除了含钙、磷、铁、糖和蛋白、维生素A、维生素C外，还含有胡萝卜素和大量的纤维等，能增强胃肠蠕动，有很好的通便作用，能排除肠道中过多的营养，其中包括多余的脂肪。

●洋葱：洋葱含前列腺素A，这种成分有舒张血管、降低血压的功能。此外，还含有烯丙基三硫化合物及少量硫氨基酸，除了降血脂外，还可预防动脉硬化。

●香菇：香菇能明显降低血清胆固醇、甘油三酯及低密度脂蛋白水平，经常食用可使身体内高密度脂蛋白有相对增加的趋势。

●冬瓜：经常食用冬瓜，能去除身体多余的脂肪和水分，起到减肥作用。

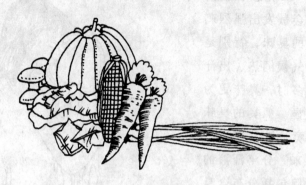

●胡萝卜：胡萝卜富含果胶酸钙，它与胆汁酸结合后从大便中排出。身体要产生胆汁酸势必会动用血液中的胆固醇，从而促使血液中胆固醇的水平降低。

●海带：海带富含牛磺酸、食物纤维藻酸，可降低血脂及胆汁中的胆固醇。

●燕麦：燕麦含有丰富的亚油酸和皂甙素等，可防治动脉粥样硬化。

●玉米：玉米含有丰富的钙、磷、硒和卵磷脂、维生素E等，均具有降低血清胆固醇的作用。印第安人几乎没有高血压、冠心病，这主要得益于他们以玉米为主食。

●牡蛎：牡蛎富含微量元素锌及牛磺酸等，尤其牛磺酸可以促进胆固醇分解，有助于降低血脂水平。

另外，其他富含纤维素、果胶及维生素C的新鲜绿色蔬菜、水果和海藻，诸如芹菜、甘蓝、青椒、山楂、鲜枣、柑橘以及紫菜、螺旋藻等，均具有良好的降脂作用。

狐臭

　　狐臭患者腋窝部会散发出强烈刺鼻的臭味，特别是当气候闷热、出汗增多时，臭味更为明显。狐臭的臭味究竟是怎么来的呢？原来，分泌汗液的汗腺包括分布全身的小汗腺及分布于腋下、阴部、乳头周围的大泌腺。由大泌腺分泌的汗，含有蛋白质、脂肪等多种成分，故容易产生独特的气味。

　　狐臭可通过手术治疗，但在考虑手术治疗之前，不妨试试以下方法：

　　●刮掉腋毛，每天洗澡或以淋浴方式保持清洁。一旦流汗，要尽快冲掉汗液。

　　●用棉花蘸乙醇（酒精）擦拭腋下。外出时应随身携带湿巾，勤擦腋下。

　　●使用药用肥皂或市售制汗剂（含有杀菌剂）清洗腋下。

性保健

一、避孕常识

避孕与节育

避孕是选择合适的药具，用科学的方法，破坏受孕条件，达到不受孕的目的。节育就是节制生育，包括各种绝育手术，为终止妊娠而施行的人工流产、引产术等。避孕和绝育的方法很多，常用的有以下几类：

1.药物避孕法

●女用避孕药：有口服避孕药、避孕针及阴道药环等。避孕效果好，停药后能较快恢复生育功能，是目前应用较广的一种避孕方法。

●外用药物避孕法：如避孕药膏、栓剂、片剂及避孕药膜等。在性生活前将外用避孕药物放入阴道内，利用药物杀死精子或使其失去活力；还可利用药物在子宫外口形成油层或薄膜，以阻碍精子进入宫腔而达到避孕的目的。

避孕药片

注射用避孕药剂

杀精子剂

手臂植入药器

海绵塞

2.工具避孕法

●外用避孕工具：如避孕套、阴道隔膜。避孕套为男性避孕工具，性交时套在阴茎上，将精液排在套内，使精子不能和卵子相遇而达到避孕的目的。阴道隔膜是女用避孕工具，性交前放入阴道内将宫颈口盖住，阻止精子进入宫腔而达到避孕的目的。

●宫内节育器：宫内节育器又叫避孕环。目前我国多数育龄妇女均采用这种方法避孕。宫内节育器是用不锈钢丝、塑料或硅橡胶等材料制成的，有环形节育器、带铜的 T 形和 V 形节育器等类型，通过阻止受精卵着床，从而达到避孕的目的。

避孕套

女用避孕套

子宫帽　　　　　　　节育环　　　　　　　　宫内节育器

3.其他避孕法

●安全期避孕法：是根据女性月经周期的规律，选择适当的性交时间，使卵子和精子不能相遇而达到避孕的目的。

●体外排精避孕法：在射精之前把阴茎从阴道里抽出来，将精液射到阴道外的避孕方法。

●绝育法：有男性输精管结扎术、粘堵术、栓堵术，女性输卵管结扎术、粘堵术等。

选择可靠的避孕方法

目前的避孕方法如使用避孕套、宫内节育器、避孕药膜、阴道隔膜等，只要使用方法正确都比较可靠。此外，药物避孕法如避孕药片、避孕针剂、探亲避孕片的避孕效果也比较可靠。可根据自己的不同情况选择以上可靠的避孕方法。

以下几种避孕方法不可靠，为了安全起见，一般不宜采用。

●安全期避孕法：妇女正常月经周期为28~30天，排卵期一般在下次月经来潮前14天左右。由于排卵前5天至后4天易受孕，故称为易受孕期。除去易受孕期和月经期外，即是"安全期"。在安全期进行性生活，就叫安全期避孕法。这种方法对月经期正常、常年同居而生活又有规律的夫妻有一定效果；但当女方精神情绪、生活环境、身体状况等因素发生变化时，排卵就可能提前或错后，甚至发生额外排卵，导致避孕失败，所以安全期避孕并不安全。

●哺乳期避孕法：现代医学研究表明，产后25天的哺乳妇女，卵巢周期亦已恢复。据统计，40%~75%的哺乳妇女可恢复月经功能。况且排卵均是在来月经之前，所以哺乳期避孕法也不可靠。

●体外排精避孕法：此方法是在性交时，男方在即将射精的瞬间，迅速抽出阴茎，让精液射在体外，称为体外排精避孕法。这种方法更不可靠，因为在射精前，往往已有少量精液流入阴道，况且动作稍慢即会失败。

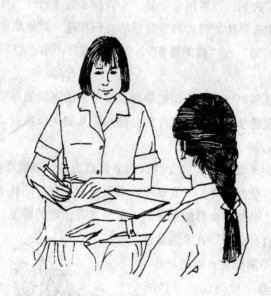

女性的最佳避孕方式

人处于不同的时期，因其生理状况、思想状态的不同，各个阶段的最佳避孕方式也不同。

●新婚夫妇：以男用避孕套、女服短效口服避孕药为佳。由于新婚妇女阴道较紧，不宜上环和用阴道隔膜。想在半年后怀孕的，不宜用长效避孕药（针）。因为用了长效避孕药的，其停药后半年方可怀孕，否则对胎儿不利。

●探亲夫妇：以男用避孕套、女服探亲避孕药片为佳。不宜采用安全期避孕法。因为两地分居的夫妇相逢，情绪激动，往往会"即兴排卵"或"提前排卵"，安全期推算不准，很容易导致避孕失败。

●哺乳期妇女：以男用避孕套、女用阴道隔膜加避孕药膏为佳。因口服避孕药可影响乳汁的分泌和婴儿的生长发育，不宜用口服避孕药。

●独生子女夫妇：以女性宫内节育器为佳，如需要再生育，取出宫内节育器即可。子女幼小，男女双方不宜行结扎术，以防子女意外；虽然男女都能够再通，但毕竟有一定的难度。但如果不想再生育，则以结扎术为最佳。

●更年期妇女：以避孕套、避孕膜、避孕栓为佳，不宜用口服或注射避孕药。因为更年期妇女的卵巢功能已逐渐衰退，这时往往表现为月经紊乱，而口服或注射避孕药物，则会加重经期的紊乱。

不宜使用避孕药避孕的女性

一般而言，凡身体健康的育龄妇女均可使用避孕药，但有下列情况之一者不宜使用。

● 患高血压和心脏病的女性不能服用。虽然一般人服药后血压无变化，但少数人血压稍增高。即使血压正常者服避孕药，也应3~6个月测1次血压。另外，雌激素能使体内水、钠潴留，加重心脏负担，所以心脏病伴有心功能不全的妇女不宜服用。

● 急、慢性肝炎和肾炎患者不宜服用。因进入体内的避孕药在肝脏代谢、经肾脏排出，因此这类病人不宜服用。若已基本治愈，肝功、肾功检查正常者，可在医生指导下慎用。

● 糖尿病或有糖尿病家族史的妇女不宜服用。因为服避孕药后少数人血糖轻度增高，而原有隐性糖尿病者可能成为显性，尤其须用胰岛素治疗的糖尿病患者应禁用。

● 患生殖器肿瘤、乳腺肿瘤以及其他癌前病变者不能服用。虽然经过几十年的大量观察，未发现避孕药能致癌，但为慎重起见，肿瘤患者最好不用。

● 甲状腺功能亢进者，在没有治愈前不宜使用避孕药。

● 40岁以上的肥胖妇女不宜服用。因长期服用避孕药易形成胆结石或诱发高血压病。

●哺乳妇女不宜服用。因避孕药可使乳汁分泌减少，并降低乳汁的质量。此外避孕药还能进入乳汁，可能引起哺乳婴儿乳房胀大及女婴子宫出血。

●患有血栓栓塞性疾病，如脑血栓、心肌梗死、脉管炎者不能使用。因避孕药中的雌激素可能会增加血液的黏固性。

●患慢性头痛，特别是偏头痛和血管性头痛的妇女不宜使用。会使症状加重。

●平素月经量过少的妇女不宜服用。因长期服用避孕药会使子宫内膜萎缩，甚至造成闭经。

●患癫痫的妇女，在用抗癫痫药物治疗期间不宜服用。此外，精神病患者由于不能保证坚持服药，最好不服用。

●人工流产后的妇女，应在术后来过一次月经之后服用，未来月经之前不宜服用。

总之，有上述情况者应采取其他避孕方法进行避孕。

正确使用避孕套

使用避孕套应方法得当，否则可能导致避孕失败，所以要注意以下几个方面：

首先要选择型号合适的避孕套。接着，在使用前先用吹气法检查避孕套有无破损和漏气现象，如发现漏气则不能使用。检查完毕后再重新将其卷好。

●使用前先将避孕套前端的小囊捏扁，挤出囊内空气，然后将其套在勃起的阴茎头上，把避孕套卷折部分向阴茎根部边推边套，直推到阴茎根部为止。套好后避孕套前端的小囊应悬在阴茎前面，切不可将阴茎头套进囊内，否则容易涨破或影响快感。

●必须在性交开始时就使用。有不少避孕失败者是由于等到射精前才使用避孕套。其实，在射精前已有少量精液流出。

●射精后不要将阴茎长时间留在阴道内，应在阴茎软缩之前，用手捏住套口，将阴茎连同避孕套同时从阴道内抽出，以防阴茎软缩后避孕套脱落在阴道内或精液从避孕套口溢入阴道，而使避孕失败。

●性交结束后还需要检查避孕套有无破裂，如有破裂应及时采取补救措施。

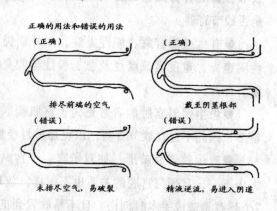

正确的用法和错误的用法
（正确）　　　　（正确）
排尽前端的空气　　戴至阴茎根部
（错误）　　　　（错误）
未排尽空气，易破裂　　精液逆流，易进入阴道

69

选择放置宫内节育器避孕

凡是已婚、健康、要求避孕的育龄妇女，月经规则、生殖器正常，经医生检查合格者，都可以放置宫内节育器。放置宫内节育器避孕尤其适合于：

●不宜采用其他避孕方法者，如不能坚持用外用药具或服药容易漏服者。

●有高血压或严重头痛等不能服用避孕药者。

●正在哺乳者。

●曾放置节育器效果良好者。

但有以下情况的妇女，要经过医生检查，以决定是否可用节育器：

●有严重的全身性疾病，如心脏病、心力衰竭、重度贫血、出血性疾病及各种疾病的急性阶段。

●月经周期不正常或月经量过多、过频及严重痛经的妇女，放节育器后容易加重出血及痛经症状，应经医生诊治后再决定是否放节育器。

●有生殖器官急、慢性炎症，如外阴炎、阴道滴虫、真菌性阴道炎、重度宫颈糜烂及急、慢性盆腔炎等，需治疗后再放置节育器。

●患生殖器官肿瘤者常见为子宫肌瘤，其主要症状是月经量多，因此不适合放节育器，以免加重月经量多的症状。

●有生殖器官畸形，如双子宫、子宫纵隔等。因双侧子宫大小不一，宫颈与宫腔的关系也不一样，放1个环不起作用，放2个环容易造成手术时创伤，且不易放置到正确位置。

●子宫颈口过松、重度宫颈陈旧性撕裂的子宫脱垂者，因放节育器易脱落，不宜使用。宫颈严重狭窄或僵硬不能扩张者，也不宜使用。

●月经已过期，可疑妊娠者。

●子宫腔小于5厘米或大于9厘米（剖宫产术后或人工流产时放置例外），均不宜放置。

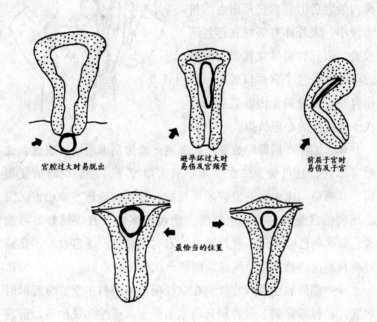

宫腔过大时易脱出　　　　　避孕环过大时　　　　前屈子宫时
　　　　　　　　　　　　　　易伤及宫颈管　　　　易伤及子宫

最恰当的位置

放置宫内节育器的时机

●月经周期间放置：一般以月经干净后3~7天内放置较为适宜。因为此时怀孕的机会很小；而且子宫内膜为增生期，内膜较薄，放置后引起损伤及出血的机会较小。国外亦有选择在行经期放置，因此时可排除置器前妊娠的可能性，且子宫颈口较松，操作容易，还可避免因放置后又一次子宫出血的心理负担。

●人工流产后即时放置：人工流产或钳刮术后即时放置，此时宫口松，且可免去二次手术。有人研究与月经周期时放置相比，其感染和出血的并发症未见增加，妊娠和脱落率亦相似。但必须确信宫腔内容物完全清除，出血不多，子宫收缩好方可放置。如术前已有阴道不规则出血、术时出血多、子宫收缩不良或可疑宫腔内容物未完全清除，则等下次行经后再放。

●中期妊娠引产后放置：在非经阴道手术的中期妊娠后即时放置，如腹部穿刺羊膜腔利凡诺尔引产者，于胎儿娩出后，清宫手术时放置。中期妊娠引产后放置节育器脱落率较高，甚至高达早期流产后放置的5~10倍，因此，如疑有宫腔内组织残留可能、有潜在感染可能及用水囊或其他药物经阴道引产者不能放置。

●产后42天及哺乳期闭经者，如除外妊娠且子宫收缩恢复良好，恶露干净5天以上，无子宫腔或会阴感染现象者，可放置节育器，以减少哺乳期妊娠。但因子宫肌层脆薄，放置时要小心，以免穿孔。

●剖宫产术者宜半年后放置。

●节育器放置期满，无任何症状，可于取器后立即更换。

●产时和剖宫产时胎盘娩出后立即放置，其优点为分娩和放置节育器同时完成，避免二次手术；缺点为脱落率高。如破水超过12小时以上、滞产，有阴道操作如手术产、手取胎盘等，均易引起感染，故不宜放置节育器。可疑胎盘残留，因有出血的可能，最好不放置节育器。古典式剖宫产者，因子宫切口位于子宫体部，节育器易从切口嵌顿或穿透子宫壁进入腹腔，一般不放；即使需要放置，也必须在县级以上医院进行。

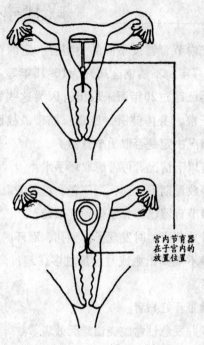

宫内节育器在子宫内的放置位置

●房事后（性交后）放置。性交后因未采取避孕措施，或因避孕措施发生意外（如避孕套破了）而担心怀孕，且准备采取长效节育措施的妇女，可在72小时内放置含酮活性节育器。

虽然有上述多种放置时间方案，但通常以月经干净3~7天内放置者最多。

取出宫内节育器的时机

宫内节育器按不同的类型有一定的存放年限，如塑料带铜环为5~7年，不锈钢金属环为10~15年等。但近年有不少妇女放节育器已超过20年而未取出，因为这些妇女对带环已适应，月经量正常，身体健康，愿意长期带。故医务人员可根据妇女的具体情况决定是否取出节育器。

有以下情况者可考虑取环手术：

●放置期限已到，尚年轻，可考虑取出后更换新节育器。

●节育器已部分脱落到宫颈处。

●放节育器时发现子宫穿孔，而环尚未入腹腔者。

●不规则出血或月经量过多，超过月经量2倍以上，经治疗无效者。

●带环妊娠者。

●并发急性盆腔炎治疗无效者。

●已绝经半年者。

●计划再生育者。

●子宫颈或子宫体发生恶性肿瘤者。

但如全身情况不良或处于疾病急性期者，可暂不取环，待好转后再取。并发生殖道炎症时须经抗感染治疗后再取。

取出时间：

●以月经净后3~7日为宜，因此时内膜薄，易取，出血不多。

●月经失调或子宫出血不止，可随时取或经前取，并行诊断性刮宫，刮出物送病理检查。

●带器妊娠需作人工流产时，应同时取出节育器。可根据节育器所在部位，决定先取器后吸宫或先吸宫后取器。

●因改用绝育术而取器者，必须先取器后行绝育术。

●绝经半年后应取器，以免绝经过久，子宫萎缩而不好操作。

节育器取出术虽为小手术，但因不是直视手术，全凭术者的手感，而且有的受术者因放节育器时间长，取时有一定困难。故术前应先了解节育器的种类，确认节育器存在于宫腔内，如宫颈口可见尾丝，或经X线、B超证实。带尾丝节育器可在门诊取，不带尾丝节育器则须在手术室内进行。可根据节育器的不同种类用环钩钩取或用长弯钳钳取。如节育器埋入内膜或部分嵌顿，则不宜硬取，必要时可在B超监视下钩取；如环已断裂，可用长弯血管钳夹住环丝，慢慢抽出。切勿让非专业人士非法取环，否则会造成脏器损伤、感染等严重后果。

紧急避孕——避孕失败的补救措施

每年，有数以千万计的女性不得不面对意外妊娠，这是我们最不愿看到的。其实，这种因无保护性生活而导致的人工流产是可以"预防"的，科学已经为女性提供了一种非常有效的避免意外妊娠的补救方法——紧急避孕。紧急避孕能有效地在房事后预防妊娠，是性生活时已常规避孕但避孕失败，或未避孕的女性不该放弃的"急救药"。

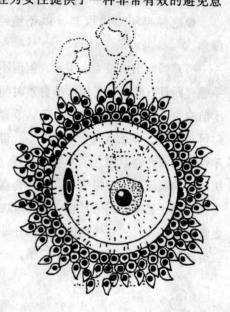

目前，我国常用的紧急避孕方法有两大类：口服激素类避孕药或放置宫内节育器。妇女们一旦发生无保护的性生活，而又不希望怀孕的话，只要在一定时间（72~120小时）内采取以下任一措施，即能有效地避免妊娠。

1.口服激素类避孕药

● 复方18-甲基炔诺酮避孕片（短效片）

在性生活后72小时内服4片，12小时后再服4片。此药在药房作为常规短效避孕药有售，目前尚无专用于紧急避孕的包装和使用说明，故最好在医生指导下服用。

● 单纯孕激素避孕药（左炔诺孕酮片，商品名为"毓婷"）

在性生活后72小时内服1片，12小时后再服1片。此药在药房有售，服用前需仔细阅读说明书，如有疑问，请务必向专业医师请教。

● 抗孕激素避孕药（米非司酮片，商品名为"息隐"）

在性生活后120小时内服1片。此药目前仅在医疗机构有供应，需处方购买。

如果在服用以上药物后2小时内发生呕吐，均应重新服用一次同样剂量的药物。

因为这几种药物的剂量都很小，只有少数人服用后会出现恶心、呕吐、不规则阴道出血、头痛等反应，一般不需要处理，停药后症状会自动消失。如果在用餐时或睡前服用，可减少恶心等反应的发生。

紧急避孕药只能对这一次性生活起保护作用，因此服药后7日内如再有性生活，仍必须采取有效的避孕措施，万万不可用它代替常规避孕。

2.放置宫内节育器

在性生活后120小时内放置有效，并可作为日后的常规避孕措施长期使用。

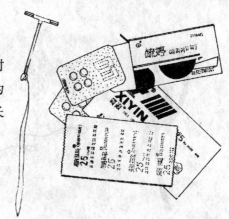

应采取紧急避孕措施的情况

房事中出现以下任何一种情况，均应尽早到医院采取紧急避孕措施。

● 未采取任何避孕措施。

● 避孕套破裂、滑脱或用法不当。

● 宫颈帽、阴道隔膜、阴道海绵位置不当或取出过早（8小时以内）。

● 体外排精失败。

● 在阴道口射精。

● 压迫后尿道避孕法失败（有精液排出体外）。

● 安全期计算失败。

● 在避孕栓或避孕药膜等杀精子剂溶解起效前射精。

● 排卵期只用避孕栓或避孕药膜等杀精子剂避孕。

● 短效口服避孕药漏服2粒以上。

● 宫内节育器脱落。

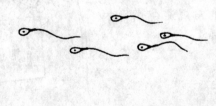

人工流产与药物流产

1.人工流产

人工流产是指妊娠24周以内，因计划生育、疾病、预防先天性畸形与有遗传病的婴儿出生，以及终止非法妊娠等原因，采用人工方法进行的流产。它是避孕失败后的补救方法。通常妊娠月份愈小，流产方法愈简便、安全且出血量少。

流产手术一般宜在妊娠12周内进行，超过12周，由于子宫大而软，胎儿骨骼形成，往往使手术出血多，并发症亦增多。

人工流产后应注意：

●人工流产术后当天可能有轻微下腹不适、疼痛或少量阴道流血。如果腹痛严重，或阴道流血量多，或长时间出血不止，应及时就诊。

●术后2周内，适当卧床休息，增加营养食物，不做重体力劳动。

●注意会阴清洁，阴道流血未净时，禁盆浴及性生活。

●注意避孕，以免再次妊娠。

2.药物流产

应用药物终止妊娠，是近20年来的最新发展。目前常用的药物是米非司酮（Ru 486）和前列腺素联合应用。前者使子宫内膜变性坏死、宫颈软化，后者使子宫收缩，促使胚胎排出。药物流产简便、有效、无创伤，避免了进宫腔操作可能造成的并发症。目前用于终止8周以内的妊娠。

药物流产后应注意：

●组织物排出后需在医院留察1小时。若阴道流血不多可以回家休息。

●流产后2周内适当休息，吃富有营养的食物，不做重体力劳动。

●注意会阴清洁，阴道流血未净时禁盆浴及性生活。

●流产后的最初2~3天，阴道流血量一般相当于月经量或略多于月经量。若阴道流血量很多或持续不净要及时就诊。

●未见组织物排出者，用药后应观察2周，期间大、小便时应注意有无组织物排出。每周送尿作妊娠检查。

●流产后可能很快恢复排卵，应采取避孕措施，以免再次妊娠。

人工流产手术后的避孕

　　人工流产术后当月应禁忌房事。第一次月经后开始避孕，根据身体条件，服避孕药或使用避孕工具均可，半年之内必须严格有效地避孕。如避孕失败而怀孕，短期内再行人工流产术，容易引起较多的并发症，如子宫穿孔、宫内感染、月经失调等，严重地危害妇女身体健康。即使是半年后也应严格避孕。如果准备采用服药避孕，就应该从第一次月经的第5天起开始服药。如果人工流产术后一个月还不来月经，也可以从一个月后的第一天起开始服药。如果两个月甚至更长时间不来月经，就应该找医生查明原因。

二、性知识

性生活的禁忌

进行性生活必须注意卫生。每次性生活前后应清洗生殖器。女性注意洗净阴唇间的皱褶，由前向后洗，以免肛门周围细菌污染阴道口，男性应将包皮上翻洗净包皮垢。

妇女在经期、孕期、产后及哺乳期或生病时，体质比较虚弱，应禁忌性生活。

●经期：妇女在月经期子宫内膜脱落出血，子宫腔内有创伤面，宫口敞开。经期进行性生活，病菌容易侵入子宫，引起炎症。如原来盆腔有炎症，可使炎症恶化。由于经血存在，也可造成男方的尿路感染。另外，性冲动可使出血增多。

●孕期：在妊娠初期的3个月里，应避免性生活，以免性冲动引起子宫收缩，发生流产。孕末一个月，更要严格禁止性生活，以免引起早产或感染。虽在妊娠的其他时间不是绝对禁止性生活，但也应有所节制。如果有流产及早产史的，应遵医嘱整个妊娠期禁止性生活。

●产后：分娩以后，生殖器官需6~8周才能完全恢复，在此之前不宜性生活。哺乳期虽然没有禁忌，但由于哺乳期女性的性要求较少，又要日夜照顾孩子，比较劳累，而且此期如果意外怀孕，通过流产终止妊娠的危险性也较大，故性生活也应有所节制，还要采取避孕措施。

●病中：患病期间也要节制性生活，以免因体力消耗过多，影响痊愈。尤其是有生殖器官传染病如滴虫性阴道炎、真菌性阴道炎等时，都要停止性生活，以免将病传给性伴侣。其他如患有心脏病、高血压等疾病者，性生活一定要节制，以免心脏血管负担过重，发生意外。有慢性疾病如肺结核、病毒性肝炎等，也应停止性生活，以利于身体早日康复。

合理的性生活频度

对于性生活，人们有一种矛盾心理，既想尽可能多地体验性生活的快乐，又担心性生活过度对身体造成不良影响。性生活如同其他活动一样，也要讲究适度，太过、不及均会殃及身体。至于何为适度，与个人体质、年龄、种族、情绪、社会文化背景以及季节等有关。具体到个人，衡量性生活是否适度的标准，以第二天精神饱满、身心愉快、不出现周身倦怠、精力不集中及腰膝酸软等症状为准。一般30岁以前的青年每星期2~4次，30~40岁每周1~2次，40~50岁每周1次，50~60岁每3~4周1~2次，60岁以上每4周1~2次。

要注意的是，人们不要单纯追求性交的次数，同时还要力求使每次性交都达到完美的程度，一次完美的性交比两次不完美的性交更令人满足。

性交疼痛

　　某些妇女会发生性交疼痛和不适，最主要的原因就是阴道润滑功能障碍。

　　阴道润滑功能障碍可由多种因素引起。应用抗组胺药物、萎缩性阴道炎、放射性阴道炎和糖尿病等都可能引起阴道润滑不够，但最常见的还是与女性缺乏充分的性兴奋有关。如女方未进入性兴奋状态，阴道尚未充分润滑、处于干涩状态下，男方若强行插入阴道，则可导致性交疼痛，这种情况反复发生就会造成女方产生性厌恶和性恐惧。创伤性性关系，如曾被强奸或性交时被粗暴对待过，也可造成阴道润滑功能的障碍。由阴道润滑功能障碍导致的性交疼痛，治疗时主要在于帮助唤起女性性欲，使之充分性兴奋。可进行性感集中训练，并适当调整性交姿势，使女方放松。夫妻之间要相互合作，必要时可采用人造润滑剂。

妊娠期性生活

妊娠期长达9个月，若说不让过性生活，似乎有点不近人情，事实上也难以做到。若过性生活，有可能发生以下情况。

●可能引起出血。妊娠期盆腔充血，阴道宫颈变软，性生活的碰撞可能引起黏膜血管破裂而导致出血。

●可能引起感染。妊娠晚期过性生活可能将外界的细菌带入阴道内，若不久临产，这些细菌可沿着已开放的宫口进入体内，引起产褥感染。

●可能引起流产、早产。性交的刺激可引起子宫收缩，导致流产或早产。

●可能引起胎膜早破、胎盘早期剥离等并发症。妊娠期腹部膨隆，性交不便，如果碰撞了腹部，有可能促使胎盘和子宫壁过早分离，或者使宫内压增高，引起胎膜早破。

由此可见，妊娠期过性生活要慎重，一般要求遵循以下原则：妊娠早期应避免性交，因为此期容易出血、流产；妊娠最末一个月避免性交，因为已近产期，应预防产褥感染；其他时期虽可过性生活，也应注意性生活的姿势，不要使孕妇的腹部受压，也不能仰卧过久；孕妇有腹胀、腰酸、下坠、尿频等不适感时，不要过性生活。

人工流产后的性生活

一般而言，人工流产后两周恶露便干净了，但要等一个月后才能恢复性生活。这不仅是因为人工流产后，人的心理状态和体力需要一个恢复的过程，更重要的是子宫、卵巢等生殖器官需要一个充分的修复与调整阶段。人工流产术清除了附着在子宫内膜上的胚胎组织。这必然会对子宫内膜造成一定程度的损伤。人流后两周内，恶露虽然已经干净，但子宫内膜创伤并未痊愈。如果过早地进行性交，带入阴道的细菌很容易上行引起子宫内膜炎等妇科疾病。所以，还是人流后一个月再行房事为好，以防宫内感染。如果术后恶露不净，应到医院检查诊治，房事也要推迟。应当注意的是，人流后卵巢一般很快恢复排卵功能。所以，恢复性生活时必须采取可靠的避孕措施，否则有可能再次怀孕。反复多次人工流产，对女方的身体健康必将带来危害。

女性性冷淡的按摩疗法

　　女性性冷淡是指育龄夫妇婚后居住在一起，女方3个月以上无主动的性要求，或者对其配偶的性爱行为反应迟钝、淡漠。据调查，已婚女性性冷淡者约占30%，比男性多一倍以上。

　　为了及时解除性冷淡女性患者的痛苦，现将一套行之有效的按摩疗法介绍如下：

　　●性敏感部位按摩：性敏感部位是指能够激起性欲与性兴奋的体表带或穴位。它包括性敏感带和敏感点。女子的性敏感带如耳朵、颈部、大腿内侧、腋下、乳房、乳头等，其敏感点有"会阴"、"会阳"、"京门"等穴。按摩性敏感带时，男方宜缓慢轻揉，使之有一种舒坦的感觉；按摩敏感点时，可用指头掌面按压，以柔济刚，达到激发起女方性欲的效果。总之以女方体验到一种快乐、舒适感为原则。每天按摩1次即可。

　　●腰部按摩：取直立位，两足分开与肩同宽，双手拇指紧按同侧肾俞穴，小幅度快速旋转腰部，并向左右弯腰，同时双手掌从上向下往返摩擦2~3分钟，以按摩部位深部自感微热为度，每天2~3次。

　　●神阙穴按摩：仰卧位，两腿分开与肩同宽，双手掌按在神阙穴上，左右各旋转200次，以深部自感微热为度，每天2~3次。

　　以上按摩疗法，可以交替进行，但不可操之过急，应持之以恒，只要坚持1~2个月，完全有治愈的可能。

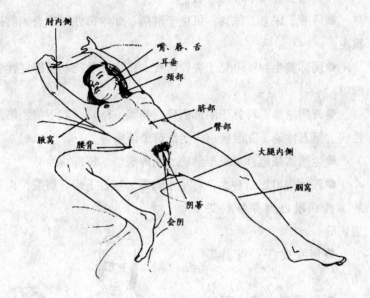

肘内侧

嘴、唇、舌

耳垂

颈部

脐部

臀部

腋窝

腰背

大腿内侧

腘窝

阴蒂

会阴

三、性病防治

性病患者常见症状

性病患者有以下常见症状:

●尿频、尿急、尿痛:可见于淋病、非淋菌性尿道炎、前列腺炎。

●阴部赘生物:可见于尖锐湿疣、传染性软疣、阴部良性肿瘤等。

●外阴溃疡:可见于阴部疱疹、梅毒、淋病、软下疳、第四性病、第五性病、艾滋病、固定红斑型药疹等。

●生殖器脓疱:可见于淋病、阴部疱疹、疥疮。

●腹股沟淋巴结肿大:可见于梅毒、软性下疳、腹股沟肉芽肿、性病淋巴肉芽肿、艾滋病等。

●周身皮疹:可见于梅毒。

●外阴部瘙痒:可见于阴虱、疥疮。

●白带恶臭:可见于滴虫性阴道炎、淋病、真菌性阴道炎等。

●生殖器疼痛:可见于淋病、阴部疱疹、非淋菌性尿道炎。

性病的传播途径

性病与其他传染病最大的区别在于它的特定的传播方式——性行为传播。性乱活动是性病传播的最重要途径。但是性行为并不是性病传播的惟一途径，性病还可以通过其他许多途径传播。非性行为传播方式主要有4种：

●接触性病患者的分泌物、排泄物污染的物品。

●使用被污染的血液和血制品。

●母婴通过胎血或接触传播。

●家庭内传播。

母婴传播

常见性病

1.尖锐湿疣

尖锐湿疣,又称尖圭湿疣、生殖器疣、性病疣,是我国最主要的性病之一。南方比北方多见,好发年龄为16~35岁。直接性接触传染是主要的传播途径,此外还可通过母婴传染和间接物体传染。潜伏期平均2~3个月。

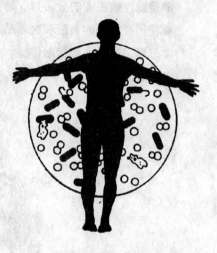

●临床表现

①局部症状:好发于生殖器和肛门周围,较少在尿道、膀胱等处。男性主要在冠状沟、龟头及包皮内板等;女性则多见于阴唇、宫颈、会阴及肛周等处。起病初出现淡红色针头大小丘疹,逐渐增大加多,有呈重叠性生长的特性,融合成乳头状、菜花状或鸡冠状,根部有蒂,损害表面湿润、柔软、红色或灰白色,常有糜烂、渗液、出血,或有臭味。

②自觉症状:病人自觉局部瘙痒或不适,无全身症状。

2.淋病

淋病是目前世界上发病率最高的性传播疾病,近年来我国性传播疾病中也以淋病为最多。

●传染方式

①性接触感染:这是主要的传染方式,成人淋病99%~100%

为性传播。

②间接接触感染：主要发生于幼女接触污染的衣物、便桶等情况。

③产道感染：分娩时胎儿经过软产道时被感染。

●临床表现

①淋菌性宫颈炎：常发生于感染后10天内，具体表现有阴道分泌物增多或异常、月经期间不规则出血。发生淋菌性尿道炎、尿道旁腺炎时，尿道口充血及脓性分泌物，轻度尿频、尿急、尿痛及排尿困难，常伴发前庭大腺炎。淋球菌感染可逆行蔓延，导致子宫内膜炎、输卵管炎及其他盆腔炎性疾病。

②眼部感染、淋菌性结膜炎：其表现为起病急，结膜充血、水肿，大量脓性分泌物。

③直肠、肛门部位感染：病人肛门烧灼感，排出黏液和脓性分泌物。

3.梅毒

梅毒是由梅毒螺旋体引起的生殖器、所属淋巴结及全身病变的性传染病。梅毒可侵犯皮肤、黏膜、淋巴结、心血管、神经系统、骨骼等器官。梅毒分三期，一期、二期属早期梅毒，病期在2年以内；三期属晚期梅毒，病期在2年以上。

●传染方式

主要由性行为传播，直接接触感染；少数也可通过间接感染，如患者污染的衣物、用具、医疗器械，或输入含有梅毒螺旋体的血液等。患梅毒的孕妇，梅毒螺旋体通过胎盘传给胎儿，或当软产道有梅毒病灶时可使胎儿于分娩过程中通过软产道时受传染。

●临床表现

①一期梅毒：主要临床表现为硬下疳，在外阴、阴唇、阴道、宫颈、肛门、口唇或乳房等处，出现无痛性、红色炎性硬结，圆形，直径1~2厘米，表面呈表浅溃疡，有浆液性渗出物，边缘整齐、隆起，或称为初期硬结。往往是单发，常伴有局部淋巴结肿大，硬，不痛。硬下疳不经治疗，亦可于3~8周内自然消退。

②二期梅毒：主要表现为全身皮肤黏膜出现梅毒疹。初期梅毒消退后6~8周，出现梅毒疹。皮疹多种多样如斑疹、丘疹、斑丘疹或脓疱疹，出现于躯干（背、胸）、四肢（手、足掌对称），也可在面部与前额部。于外阴、肛门等皮肤摩擦和潮湿的部位，可见扁平湿疣，发病晚于梅毒疹，由扁平湿丘疹融合而形成斑片状，边界清楚，稍隆起于皮面，表面溃烂渗出，不痛。

③三期梅毒（晚期梅毒）：此期病变损害不仅限于皮肤黏膜，并可侵犯机体多种组织、器官。

谨防艾滋病

　　许多受艾滋病病毒感染的人在潜伏期没有任何自觉症状，但也有一部分人在感染早期可以出现发热、头晕、无力、咽痛、关节疼痛、皮疹、全身浅表淋巴结肿大等类似"感冒"的症状，有些人还可发生腹泻。这种症状通常持续1~2周后就会消失，此后病人便转入无症状的潜伏期。潜伏期病人的血液中有艾滋病病毒，血清艾滋病病毒抗体检查呈阳性反应，这样的人称艾滋病病毒感染者，或称艾滋病病毒携带者，简称带毒者。艾滋病病毒感染者有很强的传染性，是传播艾滋病最重要的传染源。

　　在很长的潜伏期中，感染者虽然没有自觉症状，外表一如常人，但全身免疫系统仍在继续受到艾滋病病毒的破坏，到免疫系统功能再也不能维持最低的防御能力时，多种对正常人不会引起疾病的病原微生物便会使患者发生条件性感染，引起脑、肺、胃肠道和其他部位的病变及症状。一些恶性肿瘤也因患者抵抗力极度低下而产生。艾滋病病人的症状因为发生条件性感染的内脏和发生肿瘤的部位不同，表现为多种多样。常见的症状有以下几个方面：

　　●一般性症状：持续发热、虚弱、盗汗、全身浅表淋巴结肿

大。在3个月之内体重下降可达 10%以上，最多可降低40%，病人消瘦特别明显。

●呼吸道症状：长期咳嗽、胸痛、呼吸困难，严重时痰中带血。

●消化道症状：食欲下降、厌食、恶心、呕吐、腹泻，严重时可便血。通常用于治疗消化道感染的药物对这种腹泻无效。

●神经系统症状：头晕、头痛、反应迟钝、智力减退、精神异常、抽搐、偏瘫、痴呆等。

●皮肤和黏膜损害：弥漫性丘疹、带状疱疹、口腔和咽部黏膜炎症及溃烂。

●肿瘤：可出现多种恶性肿瘤。

避孕套与性病的传播

避孕套是用橡胶做成的极薄、富有弹性的一种隔膜，性交时套在阴茎上，可以阻止精子进入阴道、子宫，从而起到避孕作用。性交时阴茎与阴道密切接触、摩擦，性病通过擦伤的皮肤、黏膜而互相传染。避孕套套在阴茎上避免了阴茎与阴道的直接接触，从而可以防止某些性病病原体如梅毒螺旋体、淋病双球菌等的传染。当威胁人类健康的艾滋病日益蔓延时，某些医生倡导性混乱者及同性恋者使用避孕套以防传染，从而使艾滋病的发生有所下降。可以说，避孕套对防止性病的传播会起到一定的作用。那么，是否在性接触中使用避孕套就可以完全防止性病传播了呢？不是的，避孕套的作用是有限的。有许多病原体如单纯疱疹病毒等，避孕套是不能完全阻断其传染的，况且避孕套只能遮盖阴茎部分，未被遮盖的外生殖器部分常有分泌物溢出和原有分泌物的污染，多有病原体的存在，这些均可造成传染。此外，在性交过程中避孕套破裂也是常有的事，所以不能误认为使用避孕套就可以完全防止性病传播而放纵不正当的性关系，否则将自食苦果。

生殖保健

● 避免患病期间或大病初愈受孕。

● 避免"坐上喜",即避免新婚当日受孕。

● 避免在蜜月旅行中受孕。

● 避免双方高龄怀孕。35岁以上妇女发生染色体畸变而导致畸形胎儿的比例逐年增高。妇女最佳生育年龄是24~30岁。

● 避免孕前接触放射线和剧毒物质,一般宜在照射X线4周后再受孕。如反复接触剧毒农药和化学品,需停止接触1个月后受孕,以避免胎儿畸形。

● 避免烟酒,应停止烟酒2~3个月后再受孕。丈夫也应在妻子受孕前1个月尽量避免烟酒。

● 避免产后、流产后立即受孕,应至少半年后再受孕。

● 避免服药时受孕。口服避孕药一般应停药后6个月再怀孕,长期服用某种药品,应请医生指导以确定受孕影响。

● 避免情绪低落时受孕。

● 避免注射风疹疫苗后3个月内怀孕。

不宜妊娠的疾病

生育一个聪明、健康的孩子，保证母子平安，是每对已婚夫妇的最大心愿。为此，每对已婚夫妇在决定生育前都应一起去接受健康检查，确认健康状态，这是十分必要的。妊娠前须治愈的疾病主要有：

●贫血：若平时有头晕或站起时眩晕、头痛、呼吸困难等症状，应怀疑有贫血倾向，在妊娠前应接受贫血检查及治疗。

●结核：如有持续低热、咳嗽等症状时，应接受内科医生的诊察。

●肾脏病：患肾脏病的人如果妊娠，应取得医生许可，并要注意预防妊娠高血压综合征。

●高血压：已婚女性应在妊娠前认真检查血压情况。

●心脏病：如果心脏病患者症状不重，日常生活无妨碍，是可以妊娠分娩的，但其妊娠危险性高于健康人，应选择有心脏病专科的医院进行产前检查及分娩，平时应接受医生的生活指导。

●糖尿病：如患有糖尿病应积极治疗，待病情稳定后，在医生指导下怀孕。

●肝脏病：患过肝脏病的人在妊娠前或妊娠后要向医生说明，接受血液及尿液的化验检查。

●阴道炎：阴道分泌白色豆腐渣样的白带，外阴奇痒，阴道口周围有红色湿疹，如出现这些症状就应接受医生检查，要在妊娠前彻底治愈。

●急性传染病：一方患有传染性疾病，如流感、风疹、病毒性脑炎、传染性肝炎等，都易造成胎儿畸形，也可使病情加重，必须治愈后再怀孕。

利用基础体温测量法测定排卵期

基础体温是指人体在较长时间的睡眠后醒来、尚未进行任何活动之前所测量到的体温。正常育龄妇女的基础体温与月经周期一样，呈周期性变化。这种体温变化与排卵有关。在正常情况下，妇女在排卵前的基础体温较低，排卵后升高。把每天测量到的基础体温记录在一张体温记录单上，并连成曲线，就可以看出月经前半期体温较低、月经后半期体温上升。这种前低后高的体温曲线称为双相型体温曲线，表示卵巢有排卵，而且排卵一般发生在体温上升前或由低向高上升的过程中。在基础体温升高3天内为易孕期，从第4天起直到下次月经来潮前即为"排卵后安全期"。想怀孕的夫妇可以利用体温曲线在易孕期选择最佳的受孕时机。在多数情况下，基础体温测量法对判断排卵后安全期十分可靠，但有时也会遇到体温曲线不规则的情况，因此不能确定排卵的准确时间，这种情况就不能利用安全期避孕了。

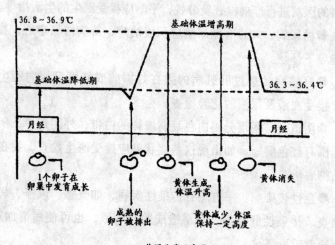

体温曲线示意图

怀孕的信号

　　凡是处在生育年龄的妇女，发生性关系而又未采取避孕措施的，都有怀孕的可能。凡有性生活的育龄妇女应了解预示怀孕的信号：

　　●月经停止：如月经一直很有规律，一旦到期不来，超过10天以上，应该考虑到怀孕的可能性。这是怀孕的最早信号，过期时间越长，妊娠的可能性就越大。

　　●早孕反应：停经以后孕妇会逐渐感到自己有些异样，叫做早孕反应。最先出现的反应是怕冷，以后逐渐感到疲乏、嗜睡、头晕、食欲不振、挑食，喜欢吃酸食，怕闻油腻味，早起恶心、甚至呕吐，严重时还有头晕、疲乏无力、倦怠等症状。

　　●尿频：由于怀孕后子宫逐渐增大压迫膀胱，所以小便次数增多。但没有尿路感染时出现的尿急和尿痛症状。

　　●乳房变化：可出现乳房发育，乳头增大，乳头、乳晕颜色加深，乳头周围出现些小结节，甚至乳房刺痛、胀痛，偶尔还可

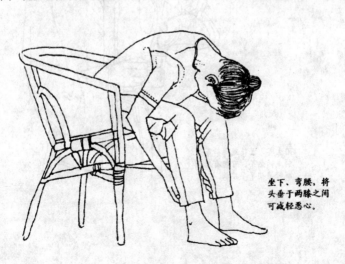

坐下、弯腰，将头垂于两膝之间可减轻恶心。

挤出少量乳汁。

●色素沉着：有的妇女怀孕后可表现为面部及腹中线有棕褐色色素沉着。

●基础体温升高：当出现上述某些症状时，可每天测定基础体温。怀孕者基础体温往往升高。

以上所列举的一些表现，有的只是妊娠早期出现的一些症状。当怀疑自己怀孕时，可用市售的"早孕诊断卡"，按说明进行自我检测，极为方便。

用生姜、菊花或薄荷等泡制成的热茶，可能有助于减轻某些早孕症状。

孕妇忌服的药物

大多数药物会渗进胎盘内。怀孕的最初三个月，胎儿正逐步生长，服药容易影响胎儿这一阶段的发育。即使一定要用药，也只能服用经过测试、多次重复用于孕妇而又没有危险性的药物。

孕妇忌服的药物有许多，例如：

●抗乙醇中毒药：用于治疗酗酒。孕妇服后，70%会导致胎儿面部、身体生长、智力及心脏发育异常。

●角质溶解药：为治疗暗疮的药物，50%会导致胎儿发育不正常。

●雌激素：20%~50%易引起阴道癌，或影响男性胎儿的生殖器官。

●精神科药物：例如抗癫痫药容易引起胎儿异常。

●雄性激素：例如垂体前叶抑制药、子宫移位药、调经药等，容易使女性胎儿的生殖器官发生病变。

●抗生素或肺结核药：对胎儿会构成危险。

●四环素：使牙齿变色发黄。

●所有抗癌药物：不宜服用。

如果孕妇患病、服药，必须及时听取医生意见，以免对胎儿造成不良影响。

孕期中的危险信号

●宫外孕信号：妊娠早期突然出现下腹部持续性疼痛，并伴恶心呕吐、面色苍黄、昏厥、头晕和欲大便的感觉。这是妇科急症，应立即去医院就诊。

●葡萄胎信号：表现为妊娠早期或中期子宫增长过快，与妊娠月份不符，并伴阴道少量流血，既无胎心也无胎动。

●胎儿死亡信号：增大的子宫及腹部变小，胎儿停止生长，胎动消失。数天后孕妇口臭，全身疲乏无力。

●胎儿宫内缺氧信号：12小时胎动少于10次。

●胎儿宫内发育迟缓信号：子宫增长过缓，宫底达不到孕周应有的高度。

●先兆流产或早产信号：妊娠37周前，如果出现阵发性宫缩痛并有规律，伴少量阴道流血，应想到先兆流产或早产的可能。

●重度妊娠高血压综合征信号：全身水肿近期内急剧加重，包括面部、胸、腹、大腿、小腿等处，并有头痛、眼花、血压高、尿中出现蛋白质，病情进一步发展，还会发生子痫。

●前置胎盘和胎盘早剥的信号：孕晚期发生无痛性阴道流血是前置胎盘的危险信号。孕晚期如发生腹部外伤或有妊娠高血压综合征史，并伴持续性宫缩痛，腹部胀大如鼓，子宫触摸较敏感或板状腹，并有阴道流血者，是胎盘早剥的危险信号。前置胎盘与胎盘早剥均是产科急症，如不及时就诊，可造成母子丧命。

关注胎动

早在妊娠10个星期之前，就有轻微胎动出现。但母亲未必每一次都能感觉得到初期的胎动，因为这可能只是胎儿的手脚轻轻擦到母体。怀第一胎的孕妇，通常在妊娠20~22周才感觉得到胎动。但若是有生育经验的孕妇，可于第18~20周便会感受到胎动，因为可能她们已习惯那种感觉。

正常的胎动很频繁的，1小时之内可多达数十次，而两次胎动相隔不会超过1小时。基本上胎动次数会随着妊娠周数的增加而增加，但在临产前一两星期，胎动的次数会轻微减少，不过相差不会太大。

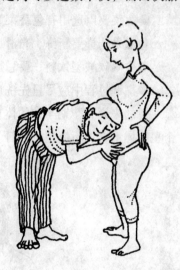

要知道胎动是否正常，母亲可数算胎动的次数，较常用的计算方法大致有3种：

●最简单的计算方法是，在一天中，有10次胎动便不用担心了。

●同样数十次，但选择在一特定时间内进行，最好在晚上时段。据统计，胎儿在晚上9点至凌晨1时最活跃。

●平均每小时不少于2~3次胎动，也属正常。

假如胎动突然减少，甚至停止，有可能是胎儿出现突发性问题。但是除了用超声波检测之外，胎动是母亲感觉胎儿是否平安的惟一途径，不可不留意。

孕期饮食

孕期饮食应注意：

●孕早期要少食多餐，注意补充叶酸。

●孕中期后，要注意补充钙、碘、铁等。选用食物如杂粮、肉、鱼、蛋、奶、大豆制品等。另外，每周最好吃动物肝或血1~2次。

●要经常吃一些海带、虾皮、紫菜等海产品。

●蔬菜要以选用有色蔬菜为主。

●水果选择要新鲜、光滑、饱满的。

●少喝碳酸型饮料，要忌烟、忌酒。

●烹调过程中应尽量先洗后切，急火快炒。

总的来说，孕期孕妇的体重增加，在怀孕13周以后，平均每个星期体重增加不应超过0.5千克。

分娩前的准备

怀孕末期，一定要做好临产的准备。

思想上对临产要有正确的认识。临产本来就是个正常的生理现象，子宫要一阵阵收缩，子宫口才能一点点开大，孩子才能生下来，所以临产过程需要一些时间，用不着害怕和着急。

在预产期前2个月左右，应该准备好孩子和孕妇所需的物品，安排好其他事项。

●孩子方面：

①奶具，如奶瓶、奶嘴、小匙、有盖茶缸等。

②衣物，如包布、尿布、衣帽等。衣、帽、小被、褥子等最好选择吸水性能好、柔软、保温性强、颜色比较浅的棉织品。尿布最好用洗过多次的旧布、旧线衣裤等，一般约需要30块左右。

●孕妇方面：及早落实好产后护理人员，以免产期提前造成麻烦；将卫生纸、换洗衣裤等放在一起；还要准备一些食品，如鸡蛋、小米、红糖等。

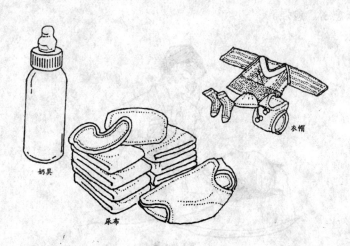

衣帽

奶具

尿布

临产征兆

临产有以下征兆：

●轻松感：约在预产期前2周，因胎头下降到骨盆腔而有轻松感，尤其是初产妇，感觉较明显。

●假痛：生产前几周或几天，下腹部常感觉不规则的酸痛或收缩，但这并非分娩阵痛的开始，故称假痛。

●子宫颈扩张：分娩前几天子宫颈会变软、变薄并稍微扩张，这种变化得由阴道检查才能知道。

●见红：分娩前1~2天阴道会有月经样的淡红色黏液分泌物出现，但也有人直至阵痛开始也没有见红的情形。如果分泌物含血量太大应注意。

●破水：胎膜破裂，羊水自阴道流出。羊水是无色、无味、清澈的液体，产妇无法控制，这时产妇应平卧，不要走动。

●阵痛：乃指子宫收缩时产生的不适或疼痛感，起初是15~30分钟收缩1次，每次持续15~20秒，随产程进展，子宫收缩会愈来愈密、愈强。

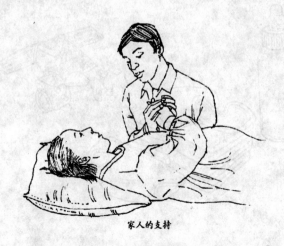

家人的支持

哺乳

哺乳期间母亲应注意营养供给，生活规律，情绪稳定，保证睡眠和精神愉快。此外还应注意以下几点：

●产后应该早吸吮。

●哺乳时要注意卫生，每次哺乳前洗手，用温开水冲洗奶头、乳晕。乳母感冒时要戴口罩。

●除小儿吃药等特殊情况外，一般不喂水，特别在哺乳前，不要喂水。

●乳母在哺乳后，应将孩子竖着抱，脸靠在母亲肩上，轻轻拍背，以排除随奶吸入胃内的空气，可防止婴儿吐奶和腹痛。半小时后再让孩子平卧，而且以侧卧为好，因仰卧时一旦吐奶容易呛入气管，可致窒息或肺炎。

●给孩子喂奶要一次喂饱。年龄小的孩子吸吮力差，有时吃着奶就睡着了，可以轻轻捏捏他的耳朵，挠挠脚心，弄醒再吃。不要让孩子养成含奶头睡觉的习惯。

●乳头破了要及时上药，喂奶前将药液擦掉，一般会很快愈合，不要因此停止哺乳，但要注意纠正婴儿的含接姿势。要先给婴儿喂不破损或破损较轻的一侧，喂完后可挤一滴奶涂在破损处，暴露在空气中，能促进表皮修复。

●如果乳汁较多，一次不能吸尽，应将剩余的乳汁挤掉，否则会影响乳汁的分泌，使奶水越来越少。

婴儿哺乳之后嗳气时，把他抱起来，轻轻拍打其背部。

月子病

　　产褥感染，俗称"月子病"，概括了在产褥期中，由于生殖器官感染而引起的一切炎症。产褥感染轻者影响健康，重则危及生命，因此必须严防。孕产妇应注意以下几方面：

　　●产前：纠正贫血，补充营养，尽可能去除身上存在的感染灶。妊娠最后两个月应停止一切阴道治疗，尤其是阴道冲洗。妊娠最后两个月内应禁忌性交。不能进行盆浴。

　　●产后：临产以后应抓紧时间休息，尽量进食和饮水；若饮食摄入不足，必须接受静脉补充。产后汗多，下身又有恶露不断流出，因此必须注意清洁卫生。除洗澡和揩身外，必须每天用温开水洗涤外阴1~2次，尤其在大便后。勤换卫生巾。产褥期间，特别在恶露尚未干净时，绝对不能性交。因此时子宫内的创面尚未愈合，性交会带入细菌使子宫发炎，也会使恶露淋漓不净。况且，会阴切开和阴道裂伤的瘢痕犹新，过早性交必然引起疼痛，甚至导致创口裂开和感染。

补充营养

不宜盆浴

产后健美操

产后体操有助于腹部肌肉和盆底肌的尽快恢复，每天坚持锻炼可使体形恢复得更快。

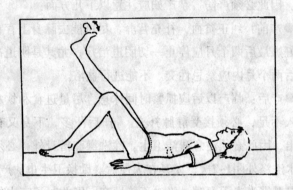

①取仰卧位，一条腿抬起，脚尖弯向身体一边，然后再将脚尖弯向脚心。慢慢连续做10次，接着再做另一条腿的练习。

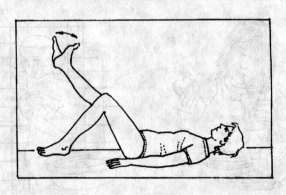

②脚部上下伸直和弯曲。连续做10次。

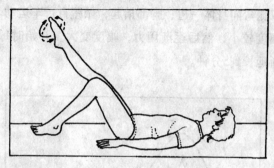

③脚尖画圆圈，先往右，后向左。连续做10次。

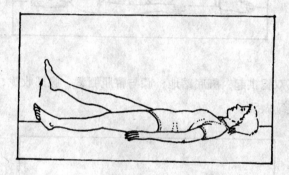

　④两腿伸直，一条腿慢慢抬起，再慢慢落下，然后再做另一条腿的练习。连续做10次。

⑤双腿弯向身体一边，脚部抬起，做蹬自行车运动。开始时较慢，幅度较小，然后逐渐用力，幅度变大。开始时每天做1分钟，逐渐延长到5分钟。

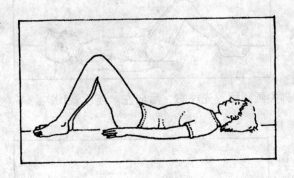

⑥双腿拱起，脚底踏地，膝与臀肌绷紧，腹部收拢，数数至10。连续做5次。

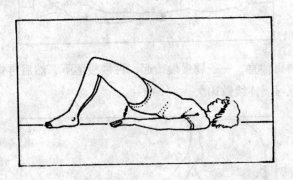

⑦双腿拱起，双脚支撑身体做起伏运动。连续做5次。

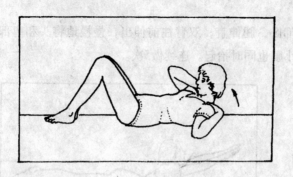

⑧仰卧，双腿拱起，抬头，双手置于肩部，右肘往抬起的右膝部运动，然后再换另一侧。头朝肘部运动的方向移动，不运动的手臂紧压底垫。腹和臀部肌肉绷紧。每侧做5次。

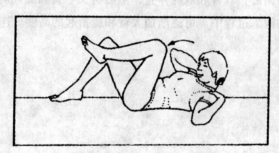

⑨取上图姿势，但将右肘和左膝同时向腹脐上方运动，然后再换另一侧。如果将不运动的腿伸直，可加强其锻炼的强度。每侧做5次。

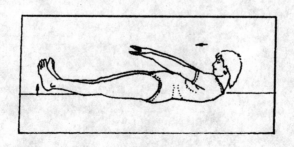

⑩仰卧，腿伸直，双臂往前伸出，慢慢地将头和肩部抬起，双脚和小腿也同时抬起。连续做5次。

⑪俯卧，双臂和双腿伸直，然后将头、臂和腿同时抬起。在几周的锻炼过程中，可逐渐加大臂和腿抬起的高度。连续做5次。

更年期保健

更年期

更年期指的是人的生命中某个转换阶段的特定时期，对于女性而言，指的是月经完全停止前数月至绝经后若干年的一段时期，多半从50岁左右开始。女性在更年期中，卵巢功能开始衰退，月经周期逐渐延长，经量逐渐减少，直至完全停止。由于性激素减少以至消失，会带来一些暂时不适应的症状，构成更年期综合征。症状因人而异，可轻可重，主要表现为：面部皮肤潮热、出汗、月经改变、头痛、失眠、性欲减退、皮肤感觉异常、不明原因的发热、胸闷、心慌、眩晕、烦躁、易怒、耳鸣、乏力、记忆力减退等。一般都需采取相应的治疗措施。

出汗

头痛

更年期综合征保健处方

●端正认识，解除顾虑。更年期是妇女一生中必经的生理阶段，出现的一些症状乃性激素减少所致。这些症状在经过一段时间，人体逐渐适应后即可自愈。

●加强饮食调理，多食豆制品、新鲜蔬菜和水果，每日热量维持在8 668千焦（2 000千卡）左右，少食糖和脂肪食品，尤需限制动物脂肪与肥肉的摄入量。如果食欲不振、厌油腻，用红枣、桂圆加红糖炖汤服，也可用红枣、赤豆熬粥食用，连服10~14天。

●坚持服用维生素。如金维他，每天1~4次，每次1片；维生素B_6，每天3次，每次20毫克；维生素E，每天3次，每次50~100毫克。

●适当服用谷维素、地西泮（即安定），以控制心慌、烦躁等症状。

●必要时在医生指导下短期服用己烯雌酚。

●中药治疗有较好的效果，常用六味地黄丸、甘麦汤等。

●坚持晨练，方法有太极拳、气功、太极剑、强壮功、广播操等。晨起作扩胸运动、深呼吸运动及跑步等。

●用艾条灸足三里、三阴交、内关等穴位，每晚1次，每次选用一侧穴位中的1~2个穴位即可。

●有人提倡让更年期综合征患者多读书，多听音乐，多参加集体性文体活动等，目的是转移患者的注意力，潜移默化，逐步消除其症状。

更年期综合征患者的生活禁忌

●忌精神紧张和情绪激动。

●忌忧心忡忡。

●忌外阴不洁：妇女至更年期，因缺乏雌激素的支持，阴道黏膜的酸碱度改变，抵抗力会降低，易发生阴道炎症。因此，要注意外阴清洁，以预防感染，这对保持身心健康也十分有益。

●忌产乳过多：年轻时若产乳过多，易耗伤精血，造成肾阴不足之症，使更年期来之过早或持续时间过长，症状加重，易于衰老。

●药物禁忌：绝经前妇女如果长期接受甲状腺素治疗，不仅会导致骨质疏松症，而且还会增加晚年时髋骨骨折的危险。因此，在使用甲状腺素时应慎之又慎，特别要控制量不要过大。另外，具有兴奋中枢神经作用的药物如咖啡因、士的宁、利他林等，也应当忌用。

更年期潮热汗出食疗法

潮热汗出是更年期特征性标记，下列食疗方可用于缓解女性更年期潮热汗出症状：

●新鲜百合300克，母鸭1只（约1 500克），黄酒、细盐、白酒适量。将活鸭杀死，洗净后，先将洗净的百合放入鸭腹内，再入鸭内脏，淋上黄酒2匙，撒上细盐1匙，最后将鸭头弯纳入腹内，用白线把鸭身扎牢，旺火隔水蒸至鸭肉酥烂。饭前空腹食，每次1小碗，每日2次。

●燕窝6克，银耳9克，冰水适量。将燕窝、银耳用热水泡发，摘洗干净，放入冰糖，隔水炖熟服食。早晚各1次，连服10~15日。

●新鲜百合1 000克，藕粉500克，白糖适量。百合洗净，晒干或烘干，研粉，装瓶盖紧备用。百合粉、藕粉各1匙，加冷水2~3匙调成薄芡，再用沸水冲泡，加白糖拌匀服食。每日2次，连服1月。

更年期妇女与雌激素的补充

雌激素减少是导致更年期妇女一系列症状与疾病的基础。

更年期妇女应用雌激素替代治疗有以下好处：

●明显减轻更年期妇女潮热、出汗等症状。

●可提高血中高密度脂蛋白，降低低密度脂蛋白，减慢动脉粥状硬化进展速度，有明显保护心血管功能的作用。

●对预防和治疗骨质疏松有利，可以减少骨质丢失和骨折的发生。

●可改善萎缩性阴道炎及泌尿系症状。

●能减轻烦躁焦虑、失眠及其他神经精神症状，改进记忆力，延迟衰老过程。

●可减轻背痛，但对关节痛无明显效果。

雌激素替代治疗必须在妇科医师指导下选择性应用才能保证合理与安全。禁用或慎用雌激素替代治疗的有以下几种情况：

●轻度高血压者慎用，顽固性高血压者禁用。

●轻度高血糖者可酌情选用。

●可疑有雌激素依赖性肿瘤者禁用。

●有乳腺癌或转移癌史者禁用。

●阴道不规则出血，原因不明者禁用。

●肝脏疾病或肝功能不正常者禁用。

●有血栓病史或凝血功能障碍者禁用。

●有胆石症者慎用。

更年期妇女与避孕

　　妇女进入更年期后，月经变化，生育能力丧失，性生活能力下降，因而一些人对是否需要继续采取避孕措施产生怀疑，甚至干脆不再避孕，结果造成意外怀孕。虽然更年期妇女的月经不规则，经量也明显稀少，但仍有不规则的排卵，这样就有怀孕的可能。因此，更年期夫妇应认真采取有效避孕措施，直至妇女彻底绝经。

女性更年期发胖

随着年龄的增长、更年期的到来，许多女性常常在更年期综合征出现的同时身体渐胖。这多是因为年龄的增长，活动减少，机体内能量的消耗减少，多余的能量堆积在皮下，逐渐肥胖。另外，随着雌性激素水平的逐渐降低，出现一系列脂肪代谢的改变以及高脂血症。因此，更年期容易发胖。

多吃瓜果蔬菜

避免更年期发胖，应注意以下几点：

●合理膳食，少吃零食、甜食和含脂肪较多的食物，多吃蔬菜和含维生素较多的食物。

●多运动，如打太极拳、长跑、练气功等。

●适当服用些中药，调整更年期阴阳平衡，提高卵巢功能。如可选八味丸、紫河车粉、全鹿丸等。

常见妇科疾病

看白带辨病

正常白带为白色稀糊状，无气味。如白带出现以下情况，则属异常：

●脓性白带。白带呈黄色或绿色，有臭味。一般是由滴虫性阴道炎或化脓性细菌感染引起。常见于滴虫性阴道炎、慢性宫颈炎、阴道异物等。

●豆腐渣样白带。此为真菌性阴道炎所特有，常伴有外阴瘙痒。

●血性白带。即白带内混有血液。出现这种白带，应警惕患恶性肿瘤的可能，如宫颈癌、宫体癌等。有些良性病变也可出现这种白带，如宫颈息肉、黏膜下肌瘤、重度慢性宫颈炎。

●黄色白带。这是由于病变组织坏死或变性所致。常见于子宫膜下肌瘤、宫颈癌、子宫体癌、输卵管癌。

滴虫性阴道炎

滴虫性阴道炎是常见的阴道炎症，主要经性交传播，也可经公共浴池、浴盆、游泳池、厕所、衣物、器械及敷料等途径传染。主要症状是稀薄的泡沫状白带增多及外阴瘙痒。若有其他细菌混合感染，则排出物呈脓性，可有臭味。瘙痒部位主要为阴道口及外阴，间或有灼热、疼痛、性交痛等。若尿道口有感染，可有尿频、尿痛，有时可见血尿。

可选用以下方法治疗：

●甲硝唑（又称灭滴灵，每次200毫克，每日3次，7日为一疗程；或400毫克，每日2次，共5日。因不排除致畸可能，故在妊娠早期及哺乳期不用为妥。

●甲硝唑200毫克每晚塞入阴道1次，10次为一疗程。若先用1%乳酸或0.5%醋酸冲洗阴道，改善阴道内环境，将提高疗效。

因滴虫性阴道炎常于月经后复发，故治疗后检查滴虫阴性时，仍应每次月经后复查白带，若经3次检查均为阴性，方可称为治愈。治疗期间禁止性生活。治疗后滴虫检查阴性时，仍应于下次月经净后继续治疗一疗程，方法同前，以巩固疗效。为了避免重复感染，内裤及洗涤用的毛巾应煮沸5~10分钟以消灭病原体。已婚者还应检查男方是否有生殖器滴虫病，前列腺液有无滴虫，若为阳性，需同时治疗。

真菌性阴道炎

　　真菌性阴道炎是由真菌中的白色念珠菌感染引起的。多见于孕妇与糖尿病患者。主要症状是外阴烧灼痛、白带增多、阴道排出凝乳状或豆渣样分泌物。

　　●口服克霉灵、制霉菌素和酮康唑对治疗真菌性阴道炎有效，也可用阴道塞药。

　　●另外，患者每天最好用碱性溶液如2%~4%小苏打溶液冲洗阴道和清洗外阴1~2次。

　　●治疗期间应禁房事。

　　●外阴瘙痒时，切忌用热水烫洗，以免使皮肤、黏膜破损造成继发感染。

　　●勤换内裤，勿穿紧身内裤，保持通气、干燥。换下的内裤、浴巾和脚盆，必须用开水烫洗。

　　●如果反复发作久治不愈，应检查有无糖尿病。丈夫同时应到医院检查治疗。

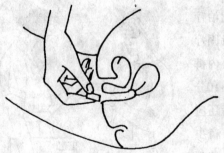

阴道内塞药法
　　取半卧位，两腿分开后稍弯曲，用消毒的干棉签尽量除去阴道内分泌物，然后用手指（可戴上指套）将药栓轻轻塞入阴道深处。特别要提醒的是，推药时不用特别的送药器，因硬质塑料送药器可能会碰到子宫颈原有的糜烂处，引起出血。

慢性宫颈炎

慢性宫颈炎是妇女最常见的一种疾病。多由急性宫颈炎转变而来，在已婚、体虚的妇女中更为多见。白带增多是其主要症状，通常呈黏稠或脓性黏液，有时带血或有性交出血，其次是外阴瘙痒、下腹部或腰骶部疼痛，每于性交、经期和排便时加重。

●以局部治疗为主，如进行宫颈电烫、激光、冷冻、腐蚀剂（如铬酸、高锰酸钾）等治疗。治疗后2~3天，阴道会有较多量的血性样或黄水样分泌物排出，常需用月经垫，一般3周左右停止。

●阴道分泌物过多，刺激外阴局部不适时，可用温水或1:5 000高锰酸钾液清洗外阴，早晚各1次。

●要穿着全棉织品的内裤，勤换洗以保持外阴清洁。

●暂禁房事1~2个月。

●不宜游泳。

预防妇科感染

妇科感染最常见的是上行感染。预防上行感染要做到：

●注意性生活卫生，要有固定的性伴侣，杜绝乱交。

●做好月经、流产及产褥各期的卫生，使用消毒的用品。遵照医师规定的时间，忌性交及盆浴。

●刮宫、接生或阴道检查等注意无菌操作，术后使用抗生素预防感染，以减少医源性感染的机会。

●注意外阴卫生及个人卫生，防止来自浴具的感染。

妇科肿瘤的主要表现

女性生殖器官的肿瘤依其性质（良、恶性）与生长部位的不同可以有多种临床表现。

●肿物：可生长于生殖器官的任何部位。外阴的肿物，患者自己可以摸到。医师通过窥器检查可以看到阴道、宫颈等处的肿瘤；通过盆腔检查可以查到子宫或卵巢的肿瘤；较大的肿瘤可以在腹部扪及。肿物质硬或囊性，活动或固定；良性者生长缓慢，包膜完整；恶性者生长迅速，与周围有粘连。

●阴道异常分泌物：因生殖道肿瘤坏死、破溃，产生水样、血性、米汤样白带，可有臭味。

●月经的改变：子宫和某些卵巢的肿瘤可以引起月经的变化，包括月经过多、周期紊乱或闭经。

●腹痛：卵巢肿瘤扭转、破裂或感染；子宫黏膜下肌瘤自宫颈口脱出或肌瘤变性，均可引起剧烈下腹痛，成为妇科急腹症。

●大、小便改变：肿瘤压迫或侵袭泌尿系和直肠可引起尿闭、尿频、血尿、血便，甚至尿瘘、粪瘘。

●转移癌症状：滋养细胞肿瘤常转移至肺、脑等。转移到肺、呼吸道可以出现咯血；转移到脑可出现晕厥；卵巢癌大网膜转移可引起腹胀、胃纳差及胃肠功能紊乱。

●恶病质：多见于晚期恶性肿瘤者。出现明显的消瘦和全身衰竭症状。

子宫肌瘤

子宫肌瘤是女性生殖器官中最常见的良性肿瘤。其病因尚不明了，但与体内过多雌激素刺激有关，多发生于30~50岁妇女。

子宫肌瘤有以下临床表现：

●主要症状：子宫出血，月经周期短，经量过多等。

●腹部肿块：肌瘤长大后可在下腹摸到肿物，尤其在清晨膀胱充盈时，子宫位置上升，肿物更加明显。

●压迫症状：肌瘤长大后可以压迫周围脏器，产生压迫症状，如尿频、尿急、尿潴留、腹胀、腹坠、大便困难、下肢浮肿等不适；失血过多造成继发性贫血，出现心跳、气短、头晕、全身乏力等。

●疼痛：浆膜下有蒂肌瘤可发生扭转，或因肌瘤致子宫重心改变而引起子宫扭转，出现急性腹痛、恶心、呕吐等；黏膜下有蒂肌瘤可脱出子宫颈口发生坏死，致白带增多或脓、血性臭白带。

●不育：因子宫肌瘤而致子宫变形，影响受孕，导致不育。

子宫肌瘤的治疗可采取非手术或手术治疗，应根据病人的年龄、是否须保留生育功能、肿瘤大小、有无症状以及全身情况等

全面考虑后决定。如肌瘤较大，症状明显，或经非手术治疗无明显效果者，应考虑手术治疗。如有以下情况之一，必须立即手术切除：

●肌瘤长大如新生儿头颅大小，或观察中明显增大者。

●肌瘤伴有月经过多或不规则出血而造成贫血者。

●肌瘤压迫膀胱、直肠，引起排尿、排便困难者。

●黏膜下肌瘤者。

宫颈癌的早期发现

宫颈癌是发生在子宫颈上的癌瘤，发病率高。晚期出现出血，米泔样白带、有恶臭，俗称"倒开花"。

有几个发病的"危险因素"，即早婚、早产、多性伴侣、慢性宫颈炎、病毒感染。性传播疾病和本病发生也有一定关系。男子的阴茎包皮垢可能有致癌作用。

早期宫颈癌多无症状，或有白带增多、不规则出血或接触性（性交）出血。有时医生的肉眼也难断其"是非"，宫颈细胞学涂片（或称C片）却简便而可靠，大量防癌普查资料表明，90%~95%的早期宫颈癌都能经一次宫颈细胞涂片检查得以发现。

子宫内膜癌的早期发现

子宫内膜癌占女性生殖系统恶性肿瘤的20%~30%，发病率逐年上升。遇到下述情况之一者，应立即做子宫内膜检查。

●绝经期后出血或出现血性白带，在排除宫颈癌和阴道炎后，应高度警惕子宫内膜癌而施行刮宫术。

●年过40岁有不规则阴道出血，虽经激素治疗仍不能止血，或一度止血后又复发者。

●年龄较轻，但有长期子宫出血不育者。

●阴道持续性排液者。

●子宫内膜不典型增生、出血的患者。或阴道涂片屡次发现恶性细胞者。

子宫内膜癌发展较慢，转移也以直接侵犯为主，所以治疗效果比较好，手术治疗颇能奏效，有的要加用放射治疗。非早期（原位癌或重度不典型增生）和晚期病人，也可应用激素。但子宫内膜癌和雌激素的长期刺激有关，所以应用雌激素要小心。

不规则阴道出血

卵巢肿瘤的早期发现

卵巢肿瘤是妇科的恶性疾病之一，在妇女的一生中任何年龄均可发病。

卵巢肿瘤早期多无明显不舒服的感觉，有的仅稍感腹胀。因卵巢位于盆腔中，初期阶段的肿瘤不易被人发现，等肿瘤已经长大，腹部隆起，或者肿瘤破裂，出现腹痛，病人才去就医，但这时往往已经到了晚期，难以治愈。所以，做母亲的应该经常摸摸自己小女孩的肚子，青少年女性及中老年妇女应该经常触扪自己的腹部，看有无包块。发现包块后，无论大小，是否疼痛，均应及时就医。

触摸的较好方法是：晨起排空小便，平卧，双腿稍屈曲，从小腹部的一侧摸到另一侧，如发现包块是硬状异物，即可疑为肿瘤。不过，若是自己能触摸到肿

定期妇检

瘤或产生了压迫症状（腹部不适、尿频、便秘），表明肿瘤已经长得很大了，因此比较可靠的办法还是请妇科大夫做盆腔触诊。所以，中年以上的妇女每年进行一次妇科检查对早期发现肿瘤大有好处。女孩子或未婚青年如有下腹痛或下腹不适、月经异常，也要行妇科检查。

女性尿失禁

不论哪个年龄段，女性发生尿失禁的概率均高于男性。妊娠、产伤、子宫脱垂、子宫肌瘤或运动性、骑车性的骑跨伤等等，均可引发骨盆底肌弹力降低，而当剧烈咳嗽、搬移重物、便秘时均可诱发腹压陡升而发生尿失禁。据统计，约有70%尿失禁可通过加强骨盆底肌张力的锻炼而使症状得到减轻或获得纠正。其方法为：

● 每日进行数次紧缩肛门及阴道的运动。

● 平躺在床上，每天至少进行仰卧起坐运动2次。

● 平卧在床上进行快捷而有规律的伸缩双腿运动，每日3次。

● 提倡蹲式排便。蹲式排便有益于骨盆底肌张力的维持或提高，有利于女性尿失禁的治疗。

● 针刺中极、关元、足三里、三阴交等穴位，也可提升骨盆底肌的张力，从而改善膀胱功能。

仰卧起坐

图书在版编目（CIP）数据

看图女性保健/胡访东等编著 . —福州：福建科学技

术出版社，2002.4

ISBN 7-5335-1915-9

Ⅰ . 看…　Ⅱ . 胡…　Ⅲ . 女性-妇幼保健-图解

Ⅳ . R173-64

中国版本图书馆 CIP 数据核字（2002）第 001478 号

书　名	看图女性保健
作　者	胡访东　江裔颖　卢静　陈名智
出版发行	福建科学技术出版社（福州市东水路 76 号，邮编 350001）
经　销	各地新华书店
排　版	福建科学技术出版社排版室
印　刷	福建地质印刷厂
开　本	850 毫米×1168 毫米　1/32
印　张	4.5
插　页	2
字　数	107 千字
版　次	2002 年 4 月第 1 版
印　次	2002 年 4 月第 1 次印刷
印　数	1—4 000
书　号	ISBN 7-5335-1915-9/R・415
定　价	9.50 元

书中如有印装质量问题，可直接向本社调换

● **看图保健系列** ————————

    看图识、治、防百病   15.00 元

    看图应急救治   9.50 元

    看图旅行保健   10.50 元

    看图老年保健   9.50 元

    看图小儿保健   10.50 元

    看图女性保健   9.50 元

    看图肿瘤防治   10.50 元

● **"图说健康热点"丛书** ————————

    乙肝与转阴   9.30 元

    缺钙与补钙   9.30 元

    中风与康复   9.30 元

    胎教与优生   9.30 元

    不育与助孕   9.30 元

● **"常见病非药物疗法"丛书** ————————

    糖尿病   10.00 元

    高血压   9.50 元

    冠心病   10.00 元

| 肥胖病 | 9.50 元 |
| 慢性支气管炎 | 7.50 元 |

● 中草药图谱系列 ———————

常用青草药手册	21.00 元
常用中草药手册	22.00 元
中草药彩色图谱（精）	105.00 元
抗肿瘤中草药彩色图谱（精）	120.00 元

● "保健妙方" 丛书 ———————

药酒百方	8.80 元
药膳百方	9.00 元
药茶百方	9.00 元
药浴百方	8.50 元

闽科版图书各地新华书店均有经销。读者邮购闽科版图书免收邮购费。书价如有变动，多退少补。

邮购地址：福建省福州市东水路 76 号

福建科学技术出版社　读者服务部

邮政编码：350001

电　　话：(0591) 7602907　(0591) 7602964